Lisa Coccinella

Tomaten à la rabbiatta

Bibliografische Information der Deutschen Nationalbibliothek
Die Deutsche Nationalbibliothek verzeichnet diese Publikation
in der Deutschen Nationalbibliografie;

© 2008 Copyright Monia de Cesare

Grafik und Design: SAHM|DESIGN – Pascal Sahm –

Illustration: Fotolia.com

ISBN: 9783837076455

Herstellung und Verlag: Books on Demand GmbH, Norderstedt

Kapitel 1 – Wie alles begann …

17. April 2006

Das Erste, was ich heute Morgen nach dem Aufwachen tue, ist Gott darum zu bitten, mir keine Angst zum Geburtstag zu schenken. Wenigstens nicht so viel davon, wenn es geht. Das heißt: nicht den ganzen Tag lang.

Ich darf mich einfach nicht aufregen, ich darf mich echt nicht aufregen … Ich mache langsam die Augen auf und tatsächlich habe ich gar keine Angst. Na, das war gar nicht so schwierig. Vielleicht werde ich heute noch nicht verrückt.

Anstatt mich für die Arbeit fertig zu machen, denn es ist 8:30 Uhr und ich bin sowieso spät dran, also wozu die Eile, greife ich zu meinem Blutdruckmesser. Ich werde heute 28 Jahre alt! Ich lächle zufrieden, diese Werte gefallen mir [135 zu 95, Puls 95].

Jetzt kann ich meine Temperatur messen, aber nicht, um eine Schwangerschaft zu vermeiden – ich bin seit vier Jahren Single –sondern um nachzusehen, ob ich Fieber habe. Auch mit diesen Werten bin ich zufrieden [36,1], aber ganz langsam merke ich, wie mich diese ganze Messsache aufregt, eigentlich schon seit ich vor ein paar Monaten damit angefangen habe.

Deswegen messe ich den Blutdruck gleich noch mal. Tatsächlich ist mein Puls schon auf 100 gestiegen und allein diese Tatsache steigert meinen Puls glatt um weitere 5 Punkte. Meine Baldrianpillchen liegen griffbereit auf dem Couchtisch, schnell hole ich mir aus der Küche ein Glas Wasser.

Jetzt nur kurz die Pille nachschieben – auch nicht zur Verhütung, sondern um … keine Ahnung, wozu nehme ich die Pille eigentlich noch? – und die Couch ein bisschen aufräumen, auf der ich schon wieder sehr schlecht geschlafen habe und die mir schreckliche Rückenschmerzen bereitet hat. Ich schlafe schon seit fast drei Jahren darauf. Auf die Frage, wieso ich mir kein anständiges Bett kaufe, versucht mein Psychotherapeut seit vier Jahren eine Antwort zu finden.

Mein Puls steigt weiter an.

Mittlerweile ist es schon 8:45 Uhr und da ich immer noch spät dran bin, muss ich jetzt schnell ins Bad, in dem sich ein nachgewiesenes Zeitloch befindet, das mich immer daran hindert, pünktlich zu sein beziehungsweise weniger spät dran. Ist sowieso Ansichtssache. Ein Blick in den Spiegel zeigt einen Handtuchabdruck auf meinem Gesicht. Das besagte Handtuch ist mit meinen Haaren verknotet und ich trage schon seit 24 Stunden Kontaktlinsen, die man eigentlich nicht länger als zehn Stunden benutzen sollte, wenn man nicht unbedingt trockene Augen haben will.

Das tut nämlich erstens den Augen nicht wirklich gut und zweitens höllisch weh. Also schnell rausholen, noch schneller abwaschen und wieder in die Augen stecken. Aua!!! Ich kann ohne Kontaktlinsen nicht einmal auf einen Meter Entfernung sehen, also müssen die drinbleiben. Aua, Aua!!! Auf die Frage, wieso ich keine Brille tragen will, versucht mein Psychotherapeut auch eine Antwort zu finden. Der Gedanke an ihn lässt die Blutdruckmessskala glatt noch 5 Punkte ansteigen.

Nur noch bügeln und was anziehen. Egal was, Hauptsache dunkel, um meine viel zu ausgeprägten Kurven zu verstecken, dann schnell die Haare im Nacken binden.

Schon bin ich fertig und kann zur Arbeit fahren.

Ich gehe nur mal ganz kurz ins Schlafzimmer – ja, ich habe eins, aber da ist kein Bett oder Sonstiges, was da reingehören würde – und blicke in den großen Spiegel, der am Fenster lehnt. Keine Ahnung, was der dort zu suchen hat, aber einen besseren Platz dafür ist mir bis jetzt nicht eingefallen. Der Spiegel zeigt eine junge Frau mit dunklem langem Haar, dunklen Augen, der ihre südländische Herkunft deutlich anzusehen ist. Ich bleibe nicht lange vor ihm stehen, denn die Erinnerungen an die Tage, an denen es echt Spaß gemacht hat, das zu tun, sind nicht so lange her.

Aber im Moment sehe ich gar nicht gut aus.

Obwohl das wirklich meine letzte Sorge sein sollte, sieht man mir wirklich und deutlich an, dass es mir schlecht geht. Was stimmt denn nicht mit mir? Hier die Kurzfassung. Ich leide seit ein paar Jahren unter Angstzuständen, habe 15 Kilo zugenommen, kaum noch Freunde, keinen anständigen Mann kennen gelernt, meine Arbeit ist das Letzte und ich werde vielleicht sowieso bald entlassen.

Ich messe nochmals meinen Blutdruck, bevor ich zur Arbeit fahre: Es ist 9:30 Uhr, mein Puls ist schon bei über 100 angelangt und ich habe noch nicht mal meine Wohnung verlassen.

~~~

Ich erinnere mich noch ganz genau, wie alles anfing: Angst hatte ich immer, mal mehr, mal weniger.

Meine Mutter, würde übrigens auch Herr Freud behaupten, ist nicht ganz unschuldig daran. Als ich ein Kind war, hatte sie ständig Angst, dass mir etwas passieren könnte. Also ließ sie mich nie aus den Augen. Als ich zur Schule ging, brachte sie mich hin und holte mich danach auch wieder ab. Bis ich 14 Jahre alt war! Nachmittags nach der Schule klebte sie förmlich an mir, nur während meiner Hausaufgaben ließ sie mich allein. Ich war das einzige Kind, das gern Hausaufgaben machte.

Je mehr davon, desto glücklicher war ich. Hätte ich bloß damals schon gemerkt, dass mit mir irgendwas nicht in Ordnung war.

Der einzige Ort außer der Schule, an dem sie mit mir nicht ständig zusammengluckte, war unser Badezimmer. Es war einfach zu klein. Obwohl ich sie manchmal dabei erwischte, wie sie die Waschmaschine im Bad in Augenschein nahm. Fast so, als hätte sie tatsächlich daran gedacht, daraufzuklettern, um es sich bequem zu machen, um auch hier in Ruhe ihre älteste Tochter beobachten und kontrollieren zu können. Zum Pech für sie war die Waschmaschine schon sehr alt und hätte keinen Erwachsenen auf ihrem Buckel ausgehalten.

Das war meiner Mutter klar und für eine neue Waschmaschine war sie einfach viel zu geizig. Also blieb ich stundenlang im Badezimmer und las. Und las. Egal was: Ich wusste auswendig, welche Inhaltsstoffe in sämtlichen Produkten, die mir im Bad in die Finger kamen, enthalten waren.

Kurze Zeit später bekam sie eine sehr heftige Depression, sodass sie nicht mal mehr aus dem Bett kam. Man könnte meinen, jetzt hätte sie mich in Ruhe lassen. Leider nicht. Sie hatte mittlerweile eine neue Methode gefunden, um mir das Leben schwer zu machen und mich zu quälen.

Wenn sie Lust dazu hatte, kam sie aus dem Bett.

Depression hin oder her.

Betrunken oder nicht. Immer fand sie einen Grund dafür.

Wenn ich 5 Minuten zu spät aus der Schule kam, wenn ich nicht schnell genug die Wohnung sauber gemacht hatte, wenn ich noch nicht gekocht hatte, wenn ich nicht meine Schwester gebadet hatte, da kam sie aus dem Bett und holte ihre Lieblingswaffe: einen alten Teppichklopfer.

Obwohl in unserer Wohnung gar kein Teppich lag …

Sie schloss mich praktisch in unserer Wohnung ein, ich wiederum schloss mich im Bad ein, um ihr zu entkommen, denn mein Vater war ständig weg. Er habe gearbeitet, sagte er mir immer. Mein Vater ist Beamter. Wenn er sah, was meine Mutter mir angetan hatte, sagte er nur: „Nicht ins Gesicht, sonst sehen es die Leute."

Wie ich die beiden hasste …

Mit 19 Jahren – bis dahin waren meine Eltern schon geschieden – jagte ich meine Mutter zum Teufel und ging nach Deutschland. Und machte das Schlimmste, was ich in meinem Leben je getan habe: meine kleine Schwester bei dieser Frau zu lassen.

Ich schloss die Schule ab und legte 2.000 km zwischen mich und meine Mutter.

Seit 10 Jahren habe ich diese Person weder gesehen noch gesprochen. Und es keinen einzigen Tag bereut, weggegangen zu sein.

Nur die Tatsache, dass sie noch atmet, passt mir nicht.

Ein paar Sachen haben sich bis heute nicht verändert: Ich lese immer noch gern im Badezimmer und niemand außer mir darf da reinkommen. Falls jemand bei mir zu Besuch ist – und das passiert selten –, muss ich danach das Bad sauber machen. Gründlich.

Da ich putzen hasse, hält sich die Besucherzahl in Grenzen.

Leider hielt die Euphorie, weg aus Italien zu sein, nur knapp 5 Jahre an. Bald merkte ich, dass mein Verhalten nicht gerade das Gelbe vom Ei war. Es gab Zeiten, in denen ich mit einem 30 cm langen Messer in der Tasche herumlief, um möglichen Angreifern die Kehle durchzuschneiden.

Als sich Anfang letzten Jahres meine Angst besonders stark bemerkbar machte (diesmal war es die Angst vor Einbrechern), kaufte ich mir ein Elektroschockgerät und ein ziemlich brutales Pfefferspray, ebenso eine Alarmanlage. Trotz eines netten Gehaltes bin ich ständig pleite, das ist irgendwie meine Methode, um mich in den finanziellen Ruin zu bringen.

Wenn die Angst vor der Außenwelt mich endlich wieder in Ruhe ließ, trieb ich das Gesundheitssystem in den Ruin.

Ich ging dann mindestens fünfmal die Woche zum Arzt, egal zu welchem. Hauptsache er oder sie bezeichnete mich als gesund und ich konnte wieder beruhigt sein. Für ein paar Tage. Zumindest übers Wochenende. Ich war montags beim Hausarzt, dienstags beim HNO, mittwochs beim Orthopäden, donnerstags wieder beim Hausarzt und freitags beim Frauenarzt. Nur zum Zahnarzt ging ich höchstens ein- oder zweimal im Jahr.

Ich habe zwar Angst, aber ich bin nicht verrückt. So viel steht fest. Das ging ein paar Monate lang so, dann legte sich auch diese Angst wieder, dass mir was passieren könnte.

Gerade als ich die Ausbildung zum Hypochonder erfolgreich absolviert hatte, kam die Angst vor Einbrechern und Angreifern zurück. Vor 4 Jahren begann ich eine Psychotherapie. Man hört ja immer, wie gut es tut, mit jemandem über die eigenen Probleme zu reden.

Aber seit genauso vielen Jahren nimmt die Angst eigentlich stetig zu: Sie hat sich in meinen Körper einquartiert. Ich habe immerhin Glück, denn es hätte schlimmer kommen können, ich denke da nur an den Film „Der Exorzist". Der armen Frau versucht man den Teufel auszutreiben, bei mir nur die Angst. Es muss sich ziemlich ähnlich anfühlen. Ich kann es nicht mehr kontrollieren, ich brauche den Ängstorzist!

Komm, reiß dich zusammen, rede ich mir ein, ich muss nur noch diese Woche arbeiten, dann habe ich ein paar Wochen Urlaub. Trotzdem,

Lust, zur Arbeit zu gehen, kriege ich dadurch nicht.

Mein Bus fährt gerade vor meiner Nase weg, natürlich ohne mich, das heißt: Warten auf den nächsten, und der ist natürlich viel zu spät dran. Sicher eine Art kosmische Rache, weil man es gewagt hat, den letzten zu verpassen.

Ich setze mich vorsichtig hin und bin ein bisschen enttäuscht, dass mein Viertel gestern Nacht nicht von einer Sauberfee besucht wurde. Nein, es ist genauso schmutzig wie gestern. Das neue Polizeipräsidium steht leider auch noch da.

Quadratisch, praktisch, gut und grau.

Endlich ist mein Bus da, ich kann fast direkt vor der Arbeitstür in der Voltastraße aussteigen und das nächste hässliche Bauwerk „bewundern". Leider ist es auch Sitz meiner Firma, also bleibt es nicht bei „Bewunderung", ich muss dort mindestens acht Stunden verbringen.

Die Firma XYZ GmbH ist seit 5 Jahren mein zweites Zuhause und genauso wie mein erstes hat es sich als Lebensaufgabe vorgenommen, mich einfach wahnsinnig zu machen.

Was für einen Spaß hat es früher gemacht, hierher zu fahren und ich schwelge in Erinnerungen: Vor 2 Jahren war diese Firma noch die Herrscherin auf dem IT-Markt.

Wir fühlten uns alle als echte Glückspilze, weil wir hier arbeiten durften. Sogar ich, obwohl ich, bevor ich hier anfing, nur eine vage Ahnung hatte, was IT bedeutet und in meinem Leben vor XYZ GmbH nur eine einzige E-Mail abgeschickt hatte. Aber das war meiner Firma egal: Sie stellten eben alles ein, was lesen und schreiben konnte. Vielleicht war das der Fehler?

Man konnte aus den dümmsten Gründen einen Flug nach England buchen, weil dort eine noch dümmere Besprechung stattfand. Alles auf Firmenkosten: Flug, Hotel, Taxi, U-Bahn. Alles wurde bezahlt. Es gab sogar Menschen, die einmal die Woche irgendwohin flogen und dadurch ihr ohnehin schon üppiges Gehalt aufpolsterten. Wichtige Meetings, ah ah ah.

Ich war natürlich auch superglücklich, hier arbeiten zu dürfen. Obwohl ich keine Betriebswirtin bin, wusste ich damals schon, dass so was nicht lange anhalten konnte.

Vor zwei Jahren war es dann so weit: Überall wurde bekannt, dass die Firma, oder besser gesagt ein paar höhere Tiere in der Firma, die Bilanzen gefälscht hatten. Es ging weltweit tagelang durch die Presse. Das FBI war sogar damit beschäftigt, die Verantwortlichen dingfest zu machen.

Tja, danach wurde alles anders. Aber wirklich alles. Man entließ weltweit tausende und abertausende Mitarbeiter: Familienväter, Behinderte, allein erziehende Mütter.

Wenn jemand heute, z.B. in Spanien, einen Kugelschreiber bestellen will, muss er eine Genehmigung von einem Vize-Präsidenten in Amerika vorweisen können. Da aber niemand da ist, der die Bestellung in SAP eingeben kann, muss er die Kugelschreiber von Kollegen klauen.

Seitdem herrscht auch in der Voltastraße schlechte, miese Luft.

Ich habe aber noch genug Kugelschreiber, denn ich hatte vor, bis zur Rente hierzubleiben. Sie sind an einem sicheren Ort unter Verschluss.

Man darf sich aber nicht allzu sehr beschweren, denn wie heißt es in Deutschland: Man soll überhaupt froh sein, dass man eine Arbeit hat, also muss ich das auch.

Bin ich aber nicht, ich hasse meine Arbeit mittlerweile, ich habe hier nichts verloren. Ständig Angst haben zu müssen, wann und ob mich die nächste Entlassungswelle mitnimmt, ist ätzend.

Habe ich nicht schon genug Ängste?

Ich schaffe heute einen neuen Rekord: Ich bin zwei Stunden zu spät im Büro, fast rechtzeitig für die Mittagspause.

Meine Kollegin Chi Mih La, meine einzige übrig gebliebene in Deutschland, sitzt schon längst da und ersteigert bei Ebay mal wieder eine Porzellanpuppe. Sie ist aus Vietnam, lebt aber schon lange in Deutschland, viel länger als ich (obwohl ich denke, zehn Jahre ist auch eine Leistung), und das lässt sie mich spüren.

Da sie zwei Wochen vor mir anfing, hier zu arbeiten, glaubt sie
zudem, sie wäre mir überlegen. Oder wichtiger, schöner, größer,
schlanker, gebildeter, reicher usw. Ich kann sie nicht ausstehen.

Die meisten Tage lasse ich sie aber gern in ihrem Glauben, man
sollte sich nicht mit Größenwahnsinnigen anlegen. Habe schon
schlechte Erfahrungen damit gemacht. Sie ist übrigens klein wie
die meisten asiatischen Frauen, hat schwarze Haare und schwarze Augen wie die meisten asiatischen Frauen. Sie sieht eben wie
eine typisch asiatische Frau aus.

Na gut, dann ist sie eben schlanker als ich. Aber das ist auch
schon alles.

Sie ist immer pünktlich, dafür müsste ich ihr eigentlich dankbar
sein, aber sie tut das nur, weil wir hier im Büro eine schnelle
Internetverbindung haben und sie ihrem zweiten Standbein (die
Porzellanpuppen) den ganzen Vormittag nachgehen kann. Oder
auch am Nachmittag, je nachdem, wie die Gebote bei Ebay
aussehen.

Da ich kein großes Interesse an Ebay habe und an Porzellanpuppen schon gar nicht, brauche ich also auch nicht pünktlich
zu sein (es sei denn, ich muss im Internet Bücher bestellen, in
meinem Lieblingsbücherforum ein paar Beiträge schreiben,
meine privaten E-Mails abrufen usw.).

Sie versteht das aber nicht und ist jeden Morgen beleidigt. Erst
am Nachmittag redet sie wieder mit mir. Wir haben uns nie
besonders gemocht.

Nur eines haben wir gemeinsam: Wir haben keine Lust mehr,
hierzubleiben. Den Absprung schaffen wir aber nicht oder wol-

len ihn nicht schaffen. Wir verdienen zu viel und tun nur das Allernötigste, damit unsere Geschäftsleitung nicht merkt, wie wenig wir arbeiten.

So eine Arbeitsmoral, wie Chi Mih La und ich sie betreiben, wäre in einer deutschen Firma undenkbar (aber bestimmt auch dort machbar). Wir können uns das aber leisten, weil unsere Firma amerikanischer Herkunft ist und hier nur die Ergebnisse zählen, nicht, wie man dahingekommen ist. Chi Mih La und ich bilden hier keine Ausnahme.

Es ist schon nach 11 und niemand hat mir bis jetzt zum Geburtstag gratuliert. Chi Mih La natürlich auch nicht, obwohl unser Kalender am heutigen Tag eine dicke rosa Markierung aufweist. Selbstverständlich von mir angebracht.

Mein Vater hat sich auch noch nicht gemeldet, nicht weil er es vergessen haben könnte, sondern weil er denkt, ich hätte einen schwierigen und nervenaufreibenden Job und deswegen will er mich nicht stören. Wenn er nur wüsste …

Ich lese gerade meine E-Mails durch und bin wie immer nicht auf die erste Angstwelle des Tages vorbereitet. Sprich: Ich sitze hier und habe nur Angst. Einfach so.

Ich kann an nichts mehr denken oder anders ausgedrückt, ich denke zu viel auf einmal: Alle möglichen Gedanken spielen sich gleichzeitig in meinem Kopf ab. So eine Art Wettbewerb über die schlimmsten Vorstellungen überhaupt.

Bewegen kann ich mich auch nicht mehr und ich habe das Gefühl, ich sitze fest und muss das hier nun mit mir geschehen lassen. Mein ganzer Körper ist verkrampft und die Angst, gerade in diesem Moment abzukratzen, hat mich fest im Griff. Ich will aber nicht, ich will es nicht, ich stehe das durch, ich schaffe es, bald ist es vorbei.

Eine halbe Stunde später ist es endlich so weit, ich darf wieder zu mir. Die Nebenwirkungen sind fast so schlimm wie die Attacken selbst. Ich habe furchtbare Kopfschmerzen und kann mein Gesicht nicht mehr spüren; mein Rücken tut weh, als das Zittern nachlässt. Ich habe Angst, dass das noch mal passiert und diese Angst ist nicht unbegründet: Es wird noch mal passieren.

Diese Attacken überkommen mich immer völlig unvorbereitet. Ich kann mich nicht daran erinnern, was ich in dieser Zeit gemacht habe, gearbeitet auf jeden Fall nicht. Dazu bin ich sowieso inzwischen kaum noch in der Lage, aber normalerweise wahre ich wenigstens den Schein. Jetzt muss es so ausgesehen haben, als hätte ich 60 Minuten lang Löcher in die Luft gestarrt.

Chi Mih La sieht gar nicht begeistert aus.

Hat ihr jemand bei Ebay eine Puppe weggeschnappt?

Kapitel 2 – Die Angst

Nur ein paar Leute wissen darüber Bescheid, was mit mir im Moment los ist: mein Hausarzt und mein Therapeut; und keiner kann mir helfen. Ersterer hat gleich Tabletten verschrieben (schwere Antidepressiva, die-stark-abhängig-machen-und-die-man-sowieso-nicht-lange-einnehmen-darf-weil-man-sonst-schlimmer-dran-ist-als-vorher).

Also habe ich diese Pillen bis jetzt nicht genommen. Wozu denn auch? Es ist nur Angst, Mensch, ich schaffe das auch allein.

Es ist übrigens nicht das erste Mal, dass mein Arzt ein klitze-klein wenig Mist baut. Als ich Anfang des Jahres zu ihm ging und sagte, ich hätte da ein paar Probleme wie z.B. das Gefühl, zu viel Luft zu atmen, als ob mein Herz ein bisschen schneller schlägt usw. (da dachte ich wahrscheinlich gerade über die Einbrecher nach), verordnete er mir Kortison. Ich hätte eine Bronchitis, meinte er. Sonst nichts. Und ich schluckte brav das Kortison runter. Zwei Monate später war ich erneut da und wieder bekam ich Kortison.

Als das nicht half, oh Wunder, und ich alle 2 Tage in der Praxis auftauchte, stempelte er mich als Hypochonderin ab.

Er ist trotzdem fast immer nett zu mir, obwohl das nicht selbst-verständlich ist, denn Hypochonder sind keine gern gesehenen Gäste in Praxiszimmern, übrigens auch nicht irgendwo anders, und er versucht, so gut er kann, zu helfen.

~~~

Zum Mittag gibt es heute zwei Tafeln Schokolade, fast zehn Zigaretten und einen großen Kaffee. Und das tägliche Jammern von Ralf, einem Kollegen der Customer Service-Abteilung (das ist die Abteilung, wo immer Warteschleifen sind), über seine Frau. Ich bin echt zu beneiden. Er erzählt mir zum x-ten Mal seine langweiligen Beziehungsprobleme.

Seit ungefähr 10 Jahren ist er unglücklich mit Andrea verheiratet und das Gefühl ist ziemlich gegenseitig, aber sie sind noch zusammen und machen sich das Leben richtig schwer.

Ralf braucht jemanden, der ihm zuhört. Ich tue nur so, als ob. Währenddessen gehe ich meinen eigenen Gedanken nach. Ralf ist damit zufrieden, ich weniger, denn meine Gedanken gefallen mir im Moment nicht besonders.

Das bedeutet, dass ich nichts Besseres zu tun habe, als mich zu fragen, wann meine Angst wiederkommt. Und bitte, es kann ja wohl nicht sein, dass sie diesmal so lange wegbleibt. Bitte komm zurück zu mir. Ich fühle mich noch nicht schlecht genug ohne dich.

Allein weil ich mich ständig damit beschäftige, kommt die nächste Attacke wie gerufen. Ralf redet weiter über das lange vorprogrammierte Ende seiner Beziehung mit der ekligen Andrea. Die Frage, wozu man Feinde hat, wenn man solche Leute als Freunde hat, wäre hiermit wohl beantwortet.

Wir gehen zurück in die Firma, wo ich für die nächste Stunde vor Angst nur so durchgeschüttelt werde. Keiner merkt irgendwas. Keiner fragt, ob mit mir alles in Ordnung ist. Man müsste es mir doch ansehen, dass es mir nicht gut geht. Oder interessiert es einfach niemanden? Die Antwort will ich lieber nicht wissen.

~~~

Ich kann mich nicht so richtig auf einen weiteren einsamen Fernsehabend freuen. Mein Vater ruft natürlich genau in dem Moment an, als gerade was Interessantes auf Pro7 kommt. Unsere Gespräche sehen immer gleich aus: Er fragt, wie es mir geht, ob ich meine Arbeit noch habe, ob ich wenigstens endlich einen Mann kennen gelernt habe, ob ich genug esse. Ich glaube, er ist ziemlich enttäuscht, dass ich noch nicht verheiratet bin. Mehr als ich wahrscheinlich.

Habe nie Hochzeitskleider anprobiert, nie Ringe ausgesucht oder was Frauen halt so machen, wenn sie auf die 30 zugehen. Ehrlich gesagt, gab es dazu keinen Anlass bis jetzt, denn alle meine Beziehungen (ich glaube, es waren drei) hielten nicht länger als vier Wochen, da plant man selten eine Hochzeit.

Wer kann es mir verübeln nach dem harmonischen Beispiel meiner Eltern?

Als der Anruf beendet ist und mein Vater mir genug Ratschläge für den Alltag gegeben und zum Geburtstag gratuliert hat, messe ich am Abend meine Werte [155 zu 85], mein Puls geht endlich unter 100.

Ja, mit meinem Vater habe ich noch Kontakt.

Jetzt kann ich auch was Anständiges essen, was auf Italienisch bedeutet, irgendwas mit Tomaten muss her. In meinem Fall ist es ein Salat mit Tomaten und Mozzarella. Nach dem Essen gehe ich nach draußen in den Garten und nehme ein Buch mit.

Zum Lesen werde ich nicht kommen, denn es gibt eine kleine Versammlung vor der Haustür.

Oder auch Raucherecke genannt. Alle rauchenden Nachbarn stehen da und genießen die frische Luft. Diese hier sind auch meine Lieblingsnachbarn, nicht weil sie rauchen, sondern weil ich sie sehr oft sehe und mit ihnen fast befreundet bin.

Ich muss gestehen, dass das mit der Raucherecke allein meine Schuld ist. Als ich keine Lust mehr hatte, in meiner Wohnung zu rauchen, weil ich deswegen ständig meine Klamotten und Vorhänge waschen musste, fing ich an, mal ab und zu „eine" hier draußen zu genießen.

Peu à peu kamen auch die anderen aus ihren übel riechenden Wohnungen raus, um es mir nachzutun. So lernte ich nach vielen Jahren endlich ein paar Nachbarn kennen. Natürlich kamen auch welche vorbei, die einfach nur ganz normal rein und raus wollten und zu diesem Zweck die Haustür benutzten.

Die lernte ich selbstverständlich ebenso kennen. Die Raucherecke hat meinen Horizont erweitert, weil ich früher immer dachte, ich sei die Einzige, die nicht so richtig tickt. Die Wahrheit sieht anders aus.

Es gibt in dem Haus, in dem ich wohne, eine vielfältige Auswahl an Krankheitsbildern: einfache Neurotiker, mindestens noch eine Hypochonderin, ein immer in schwarz gekleideter Sexbesessener, Magersüchtige, freigelassene Besucher der Psychiatrie, Leute, die einfach schreien, und mindestens eine weitere Leidensgenossin, die aber ganz andere Ängste hat als ich.

Sie glaubt, dass in ihrer Wohnung Geister herumspuken. Sie hat sie gesehen. Und hiermit ist nur die erste und zweite Etage abgedeckt. Es gibt noch zwei weitere Geschosse, aber für die lohnt es sich nicht, drei oder vier Stockwerke runterzukommen, um zu rauchen.

Da habe ich aber mal Glück. Wer weiß, was sich da oben alles angesammelt hat. Meine Lieblingsnachbarin ist schon da, Caroline, und bis jetzt erweist sie sich als recht normal.

Wir unterhalten uns ein paar Minuten über nichts Wichtiges, dann geht sie wieder nach oben zu ihrem Freund und ich zurück in meine Wohnung, wo ich prompt wieder Angst kriege.

Man könnte glatt neidisch werden auf Menschen, die nicht allein sind in ihren Wohnungen, aber dann denke ich mir, was weiß ich schon über ihr Leben und wie es Leuten geht, die angeblich glücklich sind. Bei mir merkt es auch keiner, dass es mir nicht gut geht. Neid ist eigentlich echt eine Zeit- und Energieverschwendung.

Wir treffen uns noch ein paar Mal an diesem Abend, bis unsere Sucht gestillt ist. Dann wird meine Wohnung dreimal auf Einbrecher durchsucht: Ob sich jemand in der Besteckschublade versteckt hat oder hinter meinem Duschvorhang?

Ich habe „Psycho" gesehen und es wäre schade, wenn mein neuer blauer Vorhang mit Fischmotiv ruiniert wird.

Immerhin wohne ich im Erdgeschoss und man muss vorsichtig sein, nur dass ich das Wort „vorsichtig" besser in kleiner Dosis zu mir nehmen sollte. Da ich keinen Alkohol zu Hause habe und auch nicht haben will, koche ich etwas Wasser, um meine sechs Beutel Kamillentee vorzubereiten, damit ich mich ein bisschen beruhige.

Die Anzahl der Beutel erhöht sich von Tag zu Tag. Wie viel Kamillentee ist eigentlich noch gesund?

Ich merke, wie die Aufregung steigt, obwohl ich sicher und allein zu Hause bin. Oder gerade deswegen?

Ich messe dreimal hintereinander meinen Blutdruck und jedes

Mal gefallen mir die Werte nicht, sie sind noch viel zu hoch für die Uhrzeit. Irgendwie kann ich mich nicht beruhigen.

Bis tief in die Nacht schaue ich fern und lese ein wenig. Irgendwann schlafe ich bestimmt ein, denn ich bin so müde: All diese Attacken verbrauchen eine Menge Energie. Und als das passiert, habe ich schon wieder vergessen, meine Kontaktlinsen herauszunehmen, mir die Haare zu föhnen und das Licht und den Fernseher auszuschalten.

Mein Gesicht liegt halb auf dem Buch und halb auf den Sofakissen. Es wäre nett, jemanden zu Hause zu haben, der mich zudecken könnte, dann würde ich wenigstens nicht so frieren. Und die Stromrechnung wäre zudem auch nicht so hoch.

22. April 2006

Heute ist Samstag, denke ich noch im Schlaf, also nicht erschrecken, wenn der Wecker nicht klingelt. Ich stehe mal kurz auf, um die Kontaktlinsen herauszunehmen und die Haare aus dem Handtuch zu befreien. Dann gehe ich zurück zum Sofa und schlafe sofort wieder ein.

Ich schrecke hoch, weil der Wecker noch nicht geklingelt hat und gerade am Samstag habe ich Angst, zu spät ins Büro zu kommen. Wie witzig.

Blutdruck: 155 zu 97, Puls 90, Temperatur: 35,7°. Es war eine sehr harte Woche. Ich schlafe noch ein paar Stunden.

Aber irgendwas stimmt nicht. Ich zittere und mir ist kalt, aber als ich mich endlich aufraffen kann, aufzustehen und aus dem Fenster zu schauen, sehe ich keinen Schnee im Garten.

Sofort messe ich noch mal meinen Blutdruck [150 zu 85] und prüfe, ob ich in den letzten Minuten Fieber bekommen habe. Nein, hab ich nicht: Die Temperaturanzeige des Thermometers zeigt wie immer 36,1°. Wieso also zittere ich?

Ich ziehe vorsichtshalber meinen Mantel an, als ich rausgehe. Samstags trinke ich meinen Samstags-Latte-Macchiato stets in meiner Samstags-Gelateria. Ich hänge so sehr an meinen Gewohnheiten. Ich habe immer noch nicht aufgehört zu zittern. Auch mein heißer Latte Macchiato kann an diesem Zustand nichts ändern. Nicht weit weg vom Eiscafé ist eine Apotheke. Ich sage Michele Bescheid, dass ich gleich wieder da bin, und laufe über die Straße zur Apotheke.

Ding Dong ...

„Guten Tag, wie kann ich Ihnen helfen?", fragt die Apothekerin. Am liebsten würde ich eine Liste herausholen, wobei sie mir überall helfen kann. Aber ich glaube, sie hat es nur metaphorisch gemeint.

„Tja, ich weiß nicht, was mit mir heute los ist. Aber als ich aufwachte, musste ich zittern und es hat bis jetzt nicht aufgehört."

Das Gesicht der Apothekerin kann man nicht beschreiben.

„Entschuldigung?"

„Ja, ich zittere und es geht einfach nicht weg", erkläre ich.

„Ah, ja, hmmm." Sie weiß nicht weiter. Ich greife in meine Tasche und da ist sie: eine ungeöffnete Packung Beruhigungsmittel. Mein Hausarzt gab sie mir vor einer Weile, als das Kortison nicht so richtig wirken wollte, aber bis jetzt schleppte ich die Tabletten nur ungeöffnet mit mir rum, weil ich Angst vor den Dingern habe. Erst mal der Reihe nach: Ich erklärte meinem Hausarzt vor ein paar Monaten (als ich schon zum dritten Mal in der gleichen Woche bei ihm war), dass bei mir irgendwas nicht in Ordnung sein konnte. Abends merkte ich manchmal, wie eine „Blase" den Weg aus meinem Bauch suchte und oben in der Lunge zum Platzen kam (besser kann ich dieses Phänomen nicht beschreiben und Blähungen waren es auch nicht).

Deswegen dachte er, ich hätte was an den Lungen oder Bronchien und gab mir Kortison. Viele Kortisonbehandlungen später war diese „Blase" immer noch nicht weg und als meine Angst, dass irgendwas Schlimmes in meinem Körper vorgeht, immer größer wurde, bekam ich diese Beruhigungsmittel.

Ich schenkte der kleinen Packung bis jetzt nicht besonders viel Beachtung, aber nun ist es an der Zeit, es mal zu probieren. Ich bin vielleicht einfach „beunruhigt" wegen dieser Blase.

Nur bis mein Arzt herausfindet, was es mit dem Ich-kriege-viel-zu-viel-Luft-auf-einmal-Gefühl auf sich hat.

Vielleicht habe ich noch nicht genug Tests gemacht: Allergietest, Lungentest, Venentest, Bluttest, Urintest, EKG habe ich schon durch. Alles in Ordnung, sagt der Doktor.

Aber irgendwas stimmt trotzdem nicht.

Ich fühle mich einfach schrecklich. Total daneben.

Ich frage die Apothekerin, ob sie dieses Medikament kennt und ob ihre Kunden damit gute Erfahrungen gemacht haben.

„Ja", sagt sie. „Wenn Sie merken, dass Sie zu aufgeregt sind, dann nehmen Sie doch erst mal eine Vierteltablette davon. Sie wirken sehr schnell."

„Ja, o.k., dann vielen Dank, ich versuche es. Auf Wiedersehen."

Ich laufe zurück zum Eiscafé und nehme wie empfohlen ein Viertelstückchen Beruhigungsmittel.

Ich halte es einfach nicht mehr aus. Knapp 10 Minuten später kann ich endlich meinen Mantel ausziehen. Dieses komische Zittern ist weg. Und ich kriege kurzzeitig Schuldgefühle, weil ich nicht stärker war.

Wieso kann ich mich nicht von allein beruhigen?

~~~

Wenn man so viel Angst hat wie ich, ist es unmöglich, ein normales Leben zu führen. Daher habe ich für einen Samstagabend weder Verabredungen noch sonst irgendwas geplant.

Wenn man so viel Angst hat wie ich, hat man auch nicht unbedingt viele Freunde oder Bekannte, weil man einfach nichts planen kann. Und weil ich deswegen wie üblich nichts vorhabe, bleibe ich erst mal im Eiscafé, wo wenigstens meine Muttersprache zu hören ist.

Danach gehe ich schnell einkaufen und kriege gleich wieder Angst, als ich die Tomatenpreise erblicke.

Meine Ernährung ist genauso eintönig wie mein Leben. Ständig wird immer das Gleiche gegessen, das Gleiche angezogen, das Gleiche unternommen.

Ich darf nichts Neues ausprobieren, das regt mich nur auf.

In meiner Wohnung darf sich auch nichts verändern, alles sieht genauso wie im letzten Monat oder im letzten Jahr aus. Jetzt muss ich mich aber beeilen mit dem Einkauf, bevor es draußen dunkel wird. Das brauche ich doch nicht zu erklären. Wenn es dunkel wird, fahre ich natürlich nicht gerne mit der U-Bahn. Die ist schon tagsüber gefährlich genug.

Und obwohl ich neben dem Polizeipräsidium wohne, sehe ich immer viele nicht Vertrauen erweckende Gesichter an meiner Haltestelle.

Aber mit dem Beeilen wird es wohl nichts. Ich brauche mindestens 10 Minuten, um mich zu entscheiden, welche Tomaten ich kaufe.

Für Außenstehende sehe ich aus wie eine Frau, die ständig ihre Tomaten aussucht und wieder weglegt. Aussuchen und weglegen, aussuchen und weglegen. Aussuchen, nein, wieder weglegen. So geht es mir im Moment. Irgendwie darf ich die Tomaten, die ich für reif halte, nicht haben.

Ich rege mich langsam auf und will meinen Blutdruck messen, habe aber das Gerät nicht dabei. Ich stehe vor den Tomaten in der Gemüseabteilung und überlege, wie es bloß so weit kommen konnte, dass ich mit 28 Jahren Angst vor Tomaten habe und mich nicht entscheiden kann, welche ich kaufen will.

Ich muss heulen, wenn ich daran denke. Also lege ich die Tomaten wieder weg. Man würde mich wegsperren, wenn man wüsste, was hier gerade passiert. Ich habe keine Lust mehr auf Tomaten. Ich kaufe ganz schnell den Rest ein, bevor ich wieder so eine Entscheidungsunfähigkeitsattacke bekomme. Oder soll ich noch ein Viertelchen nehmen? Ich kann mich nicht entscheiden, schon wieder, und fahre dann lieber nach Hause.

Daheim ist niemand, mit dem ich reden könnte. Bleibt mir nur das Lesen. Ist irgendwie das Einzige, was mir noch Spaß macht.

Ich lese gerne Romane, aber im Moment nur lustige und einfache Sachen. Wer will schon in meinem Zustand über eine Superheldin lesen, die alles perfekt hinkriegt, wenn man selbst nicht mal Tomaten kaufen kann? Oder die üblichen Mord-und-Totschlag-Romane, wo ich schon von einer Fahrt in der U-Bahn Angst habe.

Mein Abendprogramm bleibt unverändert, aber bevor ich schlafen gehe, fällt mein Blick durchs Fenster: Aus meiner Küche kann ich ins Nachbarhaus blicken. Dort sitzt die ganze Familie (ich glaube sie kommen aus Kanada) am Tisch und isst. Ich beobachte sie lange, dann gehe ich wieder ins Wohnzimmer und lese weiter. Ich will all das machen, was ich früher getan habe: ausgehen, mit Freunden was planen, ich will mich mit jemandem unterhalten. Aber das geht im Moment nicht, also lese ich und trinke Kamillentee. Mein Blutdruck liegt bei 165 zu 85, und das, obwohl ich echt müde bin.

23. April 2006

Blutdruck: 150 zu 105, Puls 95, Temperatur: 35,8°.

Den Sonntag verbringe ich morgens im Eiscafé. Ja, ich mache das auch sonntags. Michele hat natürlich nichts dagegen. Am Nachmittag geht es wieder nach Hause, ich nehme ein Viertel von meinem Wundermittel und gehe mit einem Buch in den Garten.

Kurz danach bin ich schon nicht mehr allein. Meine Raucherfreunde, Caroline und ihr Freund, kommen zu mir und wollen wissen, überhaupt nicht neugierig, was ich lese. Sie machen sich gern über meinen Geschmack bei Büchern lustig, weil ich lustige Bücher lese. Ich dagegen kann beim besten Willen die Leute nicht verstehen, die Thriller mögen: Wieso jagen sich diese

Leute selbst Angst ein?

Uff … wenn Autoren wüssten, dass es Leute gibt, die schon morgens beim Augenaufmachen Angst haben, dann würde die Bestseller-Liste sicher anders aussehen. Caroline und ich bleiben draußen, bis es dunkel wird, und planen unsere Zukunft in Südamerika, wohin wir auswandern werden, falls Nostradamus' Prophezeiungen, dass 2011 in Europa der dritte Weltkrieg ausbricht, sich als wahr herausstellen sollten.

Wir werden einfach abhauen. Caroline macht sich schon mal Gedanken über Töpfe und Geschirr, das wir in unserer einsamen Hütte draußen im südamerikanischen Dschungel brauchen werden: Kaufen wir es vor Ort oder bringen wir es lieber von zu Hause mit?

Ich denke, es ist besser, einen Kredit aufzunehmen und dann wegzuziehen und dort alles zu kaufen.

Aber Caroline will gar nicht daran denken: Sie will partout keine Schulden haben, auch wenn die Welt untergeht. Ich glaube, solche Gespräche über das Ende der Welt sind für mich um diese Zeit nicht gut, irgendwie denke ich, solche Unterhaltungen sollten nur nach Einnahme von Beruhigungsmitteln geführt werden.

24. April 2006

Blutdruck: 140 zu 100, Puls 105, Temperatur: 36°.

Montag im Büro. Ich gehe gerade die neuen Anfragen durch, die Chi Mih La und ich bearbeiten müssen. Es sind Anfragen von potenziellen Kunden. Wir (also die Firma, für die ich arbeite) verkaufen teure Wolken. Genau so wurde mir vor 5 Jahren meine Arbeit erklärt: Wir verkaufen Wolken, jawohl.

Die meisten in der Firma haben ein Informatik- oder Elektrotechnik-Studium abgeschlossen und sie wissen, was diese Wolken sind.

Es gibt viele Kunden, die unsere Wolken vermieten wollen, auch wenn mir schleierhaft ist, wieso: Wir sind zu teuer und die Konkurrenz ist besser. Es gibt eine Abteilung, die sich nur mit Reklamationen der Kunden beschäftigt ... Ralf arbeitet dort und erzählte mir, dass 99% der Kunden, nett ausgedrückt, unzufrieden sind.

Der arme Ralf; er hasst unsere Firma, er hasst seine Kollegen, seinen Chef und die Kunden am meisten, aber ebenso wie ich muss er hierbleiben. Die Sache mit dem Zufriedensein, weil man überhaupt einen Job hat usw.

Wir schaffen es nicht, wegzugehen, wir schaffen es nicht mal, uns irgendwo anders zu bewerben. Wir schaffen es nicht, weil wir abends so müde nach Hause kommen, dass wir einfach auf dem Sofa einschlafen und nur froh sind, endlich zu Hause zu sein. Wir schalten ab und werden auf diese Art Meister im Verdrängen ... und so vergehen 5 Jahre: Man schaltet ab und schränkt das Privatleben bequem auf den Sofabereich ein: Man kann die Fernbedienung super erreichen und die Bestellkarte für den Lieferservice ist auch griffbereit.

Baldrianpillen, Blutdruckmesser und Thermometer ebenfalls.

~~~

Der Montagabend, 19 Uhr, ist seit 4 Jahren meine feste Verabredung mit meinem Psychotherapeuten. Er war früher Facharzt der Anästhesie und davor Allgemeinarzt. Ein Mensch, der sich auch nicht entscheiden kann.

Zum Glück ist seine Praxis nicht sehr weit von meinem Arbeitsplatz entfernt. Ich fahre mit dem Fahrstuhl nach oben in den siebten Stock und klingle an der Tür. Dreißig Sekunden später macht mein Therapeut auf und begrüßt mich genauso herzlich, als hätte ich Pusteln oder Geschwüre im Gesicht und seit sechs Monaten die Unterwäsche nicht gewechselt und nicht gebadet. Ach, da geht immer mein Herz auf, wenn ich die Praxis betrete. Er geht auf die Sechzig zu, schätze ich, denn persönliche Fragen sind nicht gestattet, und sieht Sean Connery verblüffend ähnlich. Ich meine, dem heutigen Sean Connery, nicht dem jüngeren. Er murmelt irgendwas: „nhm s bit Pla! Ic b'n gl widr d!", was ich aber nach 4 Jahren Bekanntschaft in der Lage bin zu erraten. Er meint, ich soll schon Platz nehmen und er würde gleich wieder da sein. Nur um ihn zu ärgern, schreie ich zurück: „JA, DANKE, MACHE ICH!" Tja, meine Rechnung geht nicht auf, er verschwindet und ich darf mich hinsetzen: Ob diese Wände es nicht inzwischen satt haben, mich hier zu sehen und jammern zu hören, wie blöd meine Kindheit und meine Mutter waren? Ich bin es auf jeden Fall.

Mein Therapeut kommt jetzt rein und schließt, nachdem er sich hingesetzt hat, die Augen und bleibt ganz entspannt und ruhig, so, als ob er meditiert. Oder betet er um Kraft für die kommenden 50 Minuten? Das wird es wohl sein.

Ich bin ein bisschen beleidigt, so schlimm bin ich nun auch wieder nicht.

Die Stunde plätschert nur so dahin, bis er auf sein Lieblingsthema zu sprechen kommt: meine Mutter. Ich verspüre die wohlbekannten seitlich stechenden Kopfschmerzen in der linken Gehirnhälfte. Ich glaube, das bedeutet, dass ich keine Lust habe, über meine Mutter zu reden, aber so eine Lappalie wie Gehirnlähmung hält meinen Therapeuten nicht auf und er bohrt weiter und weiter.

Wie alt waren Sie, als Ihre Mutter Ihnen kein Eis kaufen wollte? Was haben Sie dabei empfunden? Welche Sorte wollten Sie denn haben, Frau Kotzinella? Haben Sie geweint? Sind Sie deswegen noch sauer auf Ihre Mutter? Was hat Ihre Mutter für Eissorten gegessen?

Und Ihr Vater? Hat er Ihnen Eis gekauft?

Während er seine Reise in die Vergangenheit weiterführt, überlege ich, dass ich in der Tasche ein Messer, ein Pfefferspray und ein Elektroschockgerät habe. Soweit ich weiß, sind wir allein in der Praxis.

Wenn ich ihm jetzt eine Ladung Strom verpasse und er dabei ganz zufällig ohnmächtig wird, könnte er dann beweisen, dass ich es war? Wie viele Jahre stehen im Gesetzbuch für die Verletzung eines nervigen Therapeuten? Kriege ich nicht mildernde Umstände, weil er saublöde Fragen stellt?

„Meine Mutter isst nie Eis", antworte ich. „Sie nahm vor 28 Jahren bei der Schwangerschaft mit mir über 40 Kilo zu und muss die noch abspecken." Das warf sie mir immer vor.

Ich war noch in der Schule, als ich mir geschworen habe, keine Kinder in die Welt zu setzen. Schreckliche Vorstellung, wenn sie auch beim Therapeuten landen und gefragt werden, ob ich ihnen Eis gekauft habe, als sie klein waren.

„Frau Klotzzinella, bitte, Sie sollten versuchen, diese Gespräche ernster zu nehmen. Wie kann ich Ihnen denn helfen, wenn Sie andauernd darüber Witze machen. Wir sollten uns wirklich auf Ihre Beziehung mit Ihrer Mutter konzentrieren. Ich glaube, wir reden nicht genug darüber."

Okay, das ist wirklich eine Drohung, die ihre Wirkung nicht verfehlt. Ich kriege jetzt echt Angst und überlege, dass er mir in dieser Sekunde ein Motiv geliefert hat, um ein bisschen elektrogeschockt zu werden.

War nur Selbstverteidigung, sehe ich mich schon dem Richter erklären, Dr. Ludolpho bedrohte mich. Ich nehme meine Tasche auf den Schoß und hole nur meinen Labello raus. Aber die Versuchung ist groß, nach etwas anderem zu greifen.

„Ach übrigens, Frau Godzinella, ich bin die nächsten zwei Wochen in Urlaub", teilt er mir mit, als die Stunde endlich vorüber ist.

„Schon wieder", rutscht es mir raus, bevor ich richtig überlegen kann, was das für mich bedeutet. Zwei Wochen lang muss ich nicht über meine Mutter reden. Ich fühle mich ja selbst so, als ob ich Urlaub hätte! Und dann fällt mir ein, dass ich tatsächlich Urlaub habe.

Der Doktor antwortet nicht, er ist wieder ganz herzlich wie vorhin, als er mich an der Tür begrüßte. Ich taste mein Gesicht nach Pusteln und Geschwüren ab. Nee, meine Haut ist glatt wie immer. Da ist in den letzten 50 Minuten nichts Ekliges gewachsen. Nur die Kopfschmerzen sind noch da.

Als ich die Praxis verlasse, muss ich meinen Kopf mit der linken Hand festhalten, weil ich Angst habe, er könnte runterrollen.

Die Bushaltestelle ist für mich 100 Meter zu weit weg an diesem Abend. Ich nehme mir lieber ein Taxi, obwohl ich dafür auch 10 Meter laufen muss. Irgendwie kriege ich das noch hin und lasse mich nach Hause fahren.

Als ich ankomme, gehe ich sofort unter die Dusche und, nachdem ich mir bequemere Kleidung angezogen habe (sprich, ich habe um 8 Uhr abends schon meinen Schlafanzug an), lege ich mich auf die Couch und bestelle mir was zu essen. Nudeln oder Pizza?

Was kann man denn sonst noch essen? Nach der Bestellung nehme ich ein Viertelstück und kurz danach fühle ich mich so gut wie seit Wochen nicht mehr. Woran das liegen mag?

Es gibt verschiedene Optionen zur Auswahl: a) mein Therapeut ist für ein paar Wochen weg, b) Viertelstück fängt an, richtig zu wirken, c) meine Lieblingsserie „Alias" kommt heute Abend im Fernsehen: Es geht um eine junge Frau, die von einer Organisation gefangen gehalten wird, von der sie denkt, es wäre die CIA.

Diese Organisation kommt mir bekannt vor, mir fällt aber beim besten Willen nicht ein, an wen sie mich erinnert. Bevor ich weiter nachdenken kann, bin ich schon von meiner Heldin total gefesselt, sodass ich bald vergesse, worüber ich nachgedacht habe.

Ich liebe es, fernzusehen. Was für eine tolle Sache, an die Probleme anderer Menschen zu denken anstatt an die eigenen.

Ich trinke ein paar Tassen Kamillentee und spüle damit meine Baldrianpillchen runter.

Ich bin trotzdem den ganzen Abend so unruhig und weiß überhaupt nicht mehr, wann und wie ich eingeschlafen bin. Hauptsache, ich kann schlafen. Damit habe ich irgendwie keine Probleme.

Ich kriege auch nie Angst, während ich schlafe. Ich schlafe für mein Leben gern.

25. April 2006

Blutdruck: 125 zu 85, Puls 85, Temperatur 35,6°.
Gleich nach dem Aufwachen wird mir klar, dass ich heute nicht arbeiten muss. Ich habe nämlich am Wochenende was vor. Ich werde von heute bis Sonntag in Wiesbaden sein, um an einer Convention teilzunehmen. Thema dieser Convention ist nicht Star Trek, sondern Bücher.

Da werden auch ein paar Autoren erwartet, Lesungen stattfinden, Bücher verschenkt; für eine Leseratte wie mich klingt das wie Urlaub à la Côte d'Azur. Das Einzige, was ich dafür tun muss, um dort zu sein, ist aufstehen.

Sicher, ich muss noch in die S-Bahn steigen, aber zuerst eben aufstehen …

Klingt ganz einfach, ist es aber nicht, weil ich noch schlafe. Ich träume sogar noch. Ich träume, dass irgendjemand mich daran hindert, ins Bad zu gehen. Ich glaube, ich werde von der Toilettenpolizei verfolgt. Ich habe mit Sagrotan wichtige Spuren beseitigt und nun kann die Polizei nicht mehr rausfinden, wer auf der Toilette gelesen hat. Das ist im Jahr 2078 streng verboten.

„Aber ich muss mal", versuche ich zu erklären. „Bitte, lassen Sie mich doch … bitte … ich muss." Und plötzlich werde ich wach und merke, dass ich tatsächlich muss, und zwar ziemlich dringend.

Ist es nicht toll, wenn man so eine intelligente Blase hat? Sie schickt mir immer schräge Träume, damit mein Gehirn endlich aufwacht und meinem Körper befiehlt, zur Toilette zu gehen.

Als ich im Hotel ankomme, in dem die Convention stattfindet, suche ich noch kurz die Toilette auf, um mich etwas frisch zu machen. Und nur mal so, um mir den Tag richtig von Anfang an zu versauen, landet ein großer Klecks Seife auf meinen neuen teuren Schuhen.

Mist! Wieso bin ich nur so ein Trampel?

Ich merke, dass ich total unruhig bin, obwohl ich schon meine tägliche Ration Viertelstück hatte. Verstehe ich nicht. Sagte der Arzt nicht, dass ich damit keine Unruhe mehr verspüren werde? Dieser fiese kleine Lügner!

Ich kann mich erst am Nachmittag wieder beruhigen, als ich mit ein paar Mädels Bekanntschaft schließe: Eine ist sogar aus Frankfurt, sie heißt Judith, die andere, Bettina, kommt aus Hamburg. Bettina, erfahre ich ein paar Stunden später, leidet seit Jahren unter Panikattacken.

Und Judith auch, nachdem sie Tinnitus bekam.

Bettina bevorzugt die Tabletten-Therapie, die aber nicht richtig zu wirken scheint, wie sie mir selbst erklärt. Judy versucht es mit Homöopathie.

Nachdem ich mich umgeschaut habe, ja ich bin bei der richtigen Convention gelandet, bin ich erleichtert. Hätte ja sein können, dass ich die für psychisch Angeschlagene erwischt hatte …

Keine Ahnung, wieso wildfremde Menschen mir immer ihre Probleme erzählen. Ich habe ja selbst genug davon. Im Supermarkt ist es die allein Erziehende, die Geldprobleme hat, nachdem die Kartenleserin 300 € gekostet hat; die Oma in der Apotheke, die schon über 70 ist, aber nicht als Ärztin arbeiten darf, weil sie in den letzten 40 Jahren nicht praktiziert hat. Warum ich? Warum?

Aber von Bettina und Judy abgesehen, habe ich mich seit langem nicht mehr so amüsiert wie an diesem Tag.

~~~

Wenn ich gewusst hätte, was am Sonntag passieren sollte, hätte ich wahrscheinlich diesen Tag noch mehr genossen oder mir gleich eine Kugel verpasst.

Oder der Bettina ein paar Tabletten geklaut.

Kapitel 3 – Was ist denn bloß los mit mir?

26. April 2006

Blutdruck: 140 zu 90, Puls 95, Temperatur: 36,0°.

Seit ein paar Tagen wirkt Viertelstück nicht mehr so richtig und ich werde immer unruhiger und reizbarer. Das Zittern hat wieder angefangen und mir ist allgemein sehr unwohl. Diese drei Tage in Wiesbaden haben mich abgelenkt, aber gleich morgen suche ich meinen Hausarzt auf.

Es muss doch eine Lösung geben, es kann schließlich nicht sein, dass gegen Angst kein Kraut gewachsen ist. Außer Johanniskraut vielleicht.

Judy und Sabine, auch Bekanntschaften aus der Convention, fragen mich, ob ich Lust habe, mit ihnen am Abend zusammen essen zu gehen. Judy würde mich auch danach nach Hause fahren. Ich sage zu und wir suchen in der Innenstadt ein Lokal aus.

Die Entscheidung fällt auf ein Chinarestaurant und wir bestellen so, als ob wir seit Tagen nichts mehr gegessen hätten.

Was irgendwie auch stimmt: Ich habe mich drei Tagen nur von Teegebäck und Kaffee ernährt und, nebenbei bemerkt, vergessen, wie Wasser schmeckt, weil im Hotel eine Flasche davon 7,50 Euro kostet.

Ich bin noch beim Essen, als mir ganz langsam schwarz vor Augen wird und ich keine Luft kriege. Ich versuche, mich zusammenzureißen und wieder langsam einzuatmen. Geht nicht.

Es hört sich jetzt ja blöd an, aber eine Freundin aus meiner alten

Schule sagte einmal, ich würde mein Plappermaul eines Tages bereuen, wenn Luft nur gegen Bares zu kriegen sei.

Ist vielleicht das im Moment der Fall? Luft muss man jetzt zahlen und man hat es mir nicht mitgeteilt? Ich schaffe es gerade noch, Judy und Sabine in Kenntnis zu setzen, dass es mir nicht besonders gut geht, als Judy ganz schnell aufsteht und den Ober um ein Glas Wasser bittet.

Mir wird es noch schlechter und ich bekomme nur noch das Wort „Notarzt" mit. Judy drückt mir das Glas an den Mund (nachdem sie irgendwelche Tropfen reingegossen hat) und will, dass ich das trinke. Als ob ich die Kraft hätte, mich dagegen zu wehren!

Also trinke ich ohne Widerstand das Glas leer. Ich glaube nicht, dass sie mich vergiften will, nur weil ich ihr soeben das Abendessen ruiniere, oder? Ich werde gleich ohnmächtig oder ich würde es gern werden, wenn ich nicht so viel Schiss hätte. Was ist nur los mit mir?

Der Notarzt kommt. Judy übernimmt das Kommando und teilt ihm mit, dass ich einen Schockzustand habe. Echt? Habe ich das? Keine Ahnung, ich hatte noch nie einen, also weiß ich nicht, wie sich so was anfühlt, aber Judy scheint sich sicher zu sein. Die Sanitäter fahren mit mir, Judy und Sabine Richtung Krankenhaus und während der Fahrt fragt mich der Notarzt, ob ich zurzeit irgendwelche Medikamente nehme.

Viertelstück, antworte ich. Und dabei krümme ich mich wie verrückt auf der Liege. Keine Ahnung, was ich habe. Ich glaube, es ist ein Dämon in meinem Körper, und der will jetzt raus. Vielleicht muss ich tatsächlich nach dem Exorzisten verlangen.

„Ah, ah!", höre ich den Notarzt rufen. „Wie viel haben Sie denn davon genommen?"

„Nur eine Viertel Tablette, wie jeden Tag seit zwei Wochen", antworte ich.

„Haben Sie die Packung gerade hier?", fragt er mich.

„Ja, in meiner Jackentasche, glaube ich", sage ich und kann gar nicht danach suchen, weil a) bin ich fest angebunden und b) will der Dämon gerade aus meinem Bauch.

„Was ist mit mir los?", kann ich noch fragen, bevor Judy dem Notarzt mitteilt, dass sie mir Bachblütentropfen ins Glas geschüttet hat. Bachblüten? Was sind denn Bachblüten? Ich dachte, Bach wäre ein Komponist gewesen, dass er auch Blumen pflanzte, hat meine österreichische Musiklehrerin damals nicht erwähnt.

„Ach so, daher die Krämpfe, das ist die Wirkung der Bachblüten, die manche Prozesse beschleunigen", erklärt mir der Arzt. Mittlerweile hat er die Medikamentenpackung gefunden und schiebt mir eine halbe Tablette in den Mund. Zum zweiten Mal an diesem Abend wird mir irgendwas in den Mund geschoben und zum zweiten Mal wehre ich mich nicht dagegen.

Der Krankenwagen bleibt stehen und die Türen werden aufgemacht. Ich werde in die Tiefen des Krankenhauses geschoben. Ich glaube, hier liegt ein Irrtum vor. „Wieso bringen Sie mich in die Neurologie?"

Ich bin aber plötzlich dermaßen müde, dass ich einfach liegen bleibe und gerade einschlafen will, als ein neuer Arzt reinkommt. Ich hatte die Hoffnung gehegt, mein Arzt würde ein bisschen wie Dr. Kovac aus E.R. aussehen. Diesmal nicht. Der

Mann ist echt unscheinbar und nichts sagend, aber das ist nicht seine Schuld, der Arme. Er stellt sich vor:

„Guten Tag, Frau Tozzinella, ich bin Dr. Musterarzt, Facharzt für Neurologie und Psychiatrie."

Tja, nun, was will der Typ hier überhaupt? Ich weiß gar nicht, was er von mir erwartet, also versuche ich es mit Höflichkeiten.

„Gratuliere, Ihre Eltern sind bestimmt sehr stolz auf Sie." Ich meine, immerhin ist er Facharzt für irgendwas.

Was auch immer er bis jetzt von mir dachte, kriegt bei meiner Antwort offenbar eine Bestätigung, denn seine nächsten Fragen haben nichts mit Höflichkeit zu tun und hauen mich glatt um.

„Frau Pozzitella, haben Sie jemanden zu Hause, der heute Nacht bei Ihnen bleiben kann?", erkundigt er sich behutsam.

„Nö, habe ich nicht, ich wohne allein."

Ich glaube nicht, dass er gerade mit mir flirtet, ich habe eher den Eindruck, dass er mich ...

„Ich versuche Ihnen zu helfen, Frau Cotozella. Ich denke, es ist besser, wenn Sie noch ein paar Stunden zur Beobachtung hierbleiben."

„Mir ist nur beim Essen schlecht geworden", erkläre ich und will aufstehen. Sein Ton wird noch behutsamer, als ob er es mit einer gemeingefährlichen Kriminellen zu tun hat. Und mir wird gerade klar, dass er genau das von mir denkt.

„Der Notarzt hat in dem Aufnahmeblatt eingetragen, dass Sie zurzeit Antidepressiva nehmen", sagt er leise.

„Viertelstück nehme ich seit ein paar Tagen, weil ich im Moment supernervös bin."

„Frau Plot ...", weiter kommt er nicht, denn ich unterbreche ihn ziemlich brutal und laut.

„Frau Coccinella. C-o-c-c-i-n-e-l-l-a!" Es reicht mir jetzt. Wieso muss man meinen Nachnamen immer so misshandeln? So schwer ist er nun wirklich nicht. C-o-c-c-i-n-e-l-l-a! Und ich will jetzt wirklich nur nach Hause fahren. Darf aber wohl nicht sein, denn Dr. Sowieso holt gerade Judy rein und fragt sie, ob sie nicht bereit wäre, mich für die Nacht aufzunehmen. Ich werde nie wieder zu einem Arzt höflich sein, da sieht man, was man davon hat.

Judy ist gar nicht begeistert und erklärt dem Doktor, dass wir uns erst seit zwei Tagen kennen und sie nicht die Verantwortung tragen möchte.

Ach so! Läuft echt prima und ich fange an zu glauben, dass der Doktor mich womöglich nicht mehr weggehen lässt und gleich hier einweist.

Ich bin schon etwas enttäuscht über Judys Verhalten. Ich meine, hätte sie mir nicht diese Tropfen gegeben, wäre alles halb so schlimm gewesen. Aber jetzt will sie auf einmal nicht die Verantwortung tragen.

„Herr Doktor, ich kann nicht in Wiesbaden bleiben", unterbreche ich die beiden, die gerade so tun, als wäre ich gar nicht im Raum anwesend.

„Da gebe ich Ihnen Recht, es wäre sicher keine gute Idee. Wie wäre es denn, wenn ich mal schnell die Psychiatrie in Frankfurt anrufe und sage, dass Sie gleich vorbeikommen? Ihre Freundin hier würde Sie bestimmt hinfahren, oder?"

Und wie wäre es, wenn ich dir die Pest an den Hals wünsche? Die Psychiatrie? Mensch, was ist denn hier passiert?

„Was meinen Sie damit? Mir wurde beim Essen nur schlecht, was soll das jetzt mit der Psychiatrie?"

Aber das spreche ich nicht laut aus, denn mir wird gerade klar, dass, wenn ich zustimme, ich von hier wegkann.

Also gebe ich mein Einverständnis und wir lassen uns ein Taxi rufen, damit wir Judys Auto abholen können (der Wagen steht immer noch vor dem Chinarestaurant).

Wir machen uns danach auf den Weg nach Frankfurt.

Ich habe dabei eine Erleuchtung. Nämlich die, dass wirklich nicht alles mit rechten Dingen zuging an diesem Abend. Ich sitze ganz brav am Tisch und esse, mir wird schlecht und der Notarzt muss kommen. Ich esse und mir wird schlecht. Man muss nicht unbedingt 15 Jahre Medizin studiert haben, um zu dem Schluss zu kommen, dass das vielleicht zusammenhängt, oder?

Wieso lieferte man mich dann in die neurologische Abteilung ein? Ich gab ja nur zu, Beruhigungsmittel zu nehmen …

Kapitel 4 – Das Unheil nimmt seinen Lauf

27. April 2006

Blutdruck: 140 zu 90, Puls 105, Temperatur 36,1°.

Das Telefon weckt mich an diesem Mittag, denn es ist bereits nach 13 Uhr und ich liege ganz unbequem auf dem Sofa. Mein Handy liegt ganz in der Nähe und ich gehe mit meiner verrauchten, sexy Stimme dran. Falls mich jemand nach dem Aufwachen anruft und meine Stimme hört, dann lautet die erste Frage meist: Bist du erkältet? Demzufolge werde ich fast alle zwei Tage gefragt, ob ich krank bin. Das macht mehr als hundertachtzig Tage im Jahr …

„Hallo", melde ich mich.

„Hallo Lisa, hier ist Judy. Hast du dich erkältet? Ich wollte mich nur mal melden, um zu erfahren, wie es dir nach gestern Abend geht." Ach Judy, wenn du wüsstest …

„Keine Ahnung. Ich bin gerade aufgewacht, aber ich glaube, es geht mir schon besser." Ja, echt, mir geht es eigentlich ziemlich gut.

„Na ja, du darfst dich nicht zu früh freuen. Diese Probleme kriegt man nicht einfach so weg. Ich weiß, wovon ich rede, ich habe auch jahrelang darunter gelitten. So sieben ungefähr", muntert mich diese Frau auf.

„Es wird wieder passieren!"

Nun, dies sind die Gespräche, die einem Menschen richtig den Tag versauen können. Und eigentlich merke ich schon, wie mir ganz übel wird. Das ist der Moment, in dem ich anfange, ihr zu glauben.

Was ist, wenn sie Recht hat und die gestrige Episode kein Einzelerlebnis bleibt? Was ist, wenn das nächste Mal niemand dabei ist, um mir zu helfen? Was ist, wenn ich dann ganz allein zu Hause bin und ohnmächtig werde? Was ist, wenn ich auf den Boden falle und mir dabei den Kopf verletze? Was ist, wenn ich ins Koma falle und niemand nach mir sucht?

Klar, ich hatte schon davor Vorstellungen über das, was passieren könnte. Aber die waren nie so deutlich und detailliert in meinem Kopf „beschrieben" wie eben jetzt.

Judy redet weiter, sie hat einen Termin für mich ausgemacht mit ihrer Homöopathin. So hätte sie damals ihre Ängste in den Griff bekommen und wurde geheilt. Ach ja, das hört sich doch gut an.

„Sie nimmt 200 Euro für die erste Beratungsstunde und ein Rezept für die Mittel, die du brauchst, kriegst du auch noch."

Wow, so viel Geld für ein Rezept. Da bin ich echt baff. Wieso alle denken, dass nur Ärzte teuer wären … aber Judy ist dermaßen begeistert. Nach kurzem Überlegen denke ich auch, dass 200 Euro für die eigene Gesundheit gar nicht mal so viel sind.

„Sie heißt Fr. Kopf-imba-Khofen und ich weiß nicht, was ich damals ohne sie gemacht hätte. Sie wird dir auch helfen können, da bin ich mir sicher", erklärt Judy weiter und ich lasse mich von ihr überzeugen.

„Okay, für wann hast du den Termin ausgemacht?", frage ich sie.

„Sie hat schon nächsten Dienstag für dich Zeit.

Du kannst dich echt glücklich schätzen, dass es so schnell geht", teilt sie mir mit. Fürwahr, ich bin ein Glückspilz, sagte ich doch schon! Ich werfe die übrigen Viertelstücke weg und ernähre mich die ganze Woche von Baldrianpillchen und Kamillentee. Ich bleibe in meiner Wohnung und messe alle zwei Minuten meinen Blutdruck. Die ganze Woche.

04. Mai 2006

Blutdruck: 140 zu 92, Puls 98, Temperatur, 36,1°.

Fr. Kopf-imba-Khofen ist so nett, dass sie sogar nach Frankfurt fährt, um mich zu heilen. Sie wohnt irgendwo in der Betonpampa außerhalb der Stadt. Wir treffen uns in einem Café am Dornbusch, nicht weit weg von meiner Wohnung, aber ich habe dieses Café nie zuvor beachtet. Fünf Sekunden, nachdem ich reingekommen bin, weiß ich auch, wieso.

Das ist ein Omi-Treffpunkt! Es gibt jede Menge Kuchen (dass es auf der Welt so viele Kuchensorten gibt, wusste ich gar nicht) und Kännchenkaffee.

Die Tapeten an den Wänden sind wahrscheinlich älter als ich und die ganze Atmosphäre ist gedämpft: das Licht, der Fußboden, die Kellnerinnen. Keinerlei Geräusche dringen zu mir, denn es ist erst zehn Uhr morgens. Ein paar Omis sitzen jedoch schon da und nippen an ihren Tassen.

Wieso stehen Omis denn so früh auf, frage ich mich? Ich träume schon von dem Tag, an dem ich endlich in den Ruhestand gehen kann und erst um zwölf aus den Federn krieche. Verstehe einer die Omis! Und ein paar Opis sind auch da! Ganze Kerle, wie sie sind, trinken sie Bier, obwohl sie dann alle drei Minuten auf die Toilette müssen, um die schwach gewordene Blase spazieren zu führen.

Ich fühle mich ein bisschen fehl am Platz, aber was tut man
nicht alles, um gesund zu werden. Fr. Kopf-imba-Khofen wird
mir helfen, damit ich so alt und gesund wie Oma und Opa da
drüben werden kann. Ach, jetzt verstehe ich, wieso wir uns hier
treffen sollten. Nachdem ich Platz genommen habe, kommt die
Kellnerin zu mir und fragt, ob ich auf jemanden warte. Ja, aber
nicht auf meine Omi, will ich antworten. Stattdessen sage ich:
„Ja, aber ich trinke schon einen Cappuccino, danke." Ein paar
Minuten später ist Frau Kopf-imba-Khofen da. Sie bestellt
Spargel mit Kartoffeln und ein Kännchen Tee. Spargel um 10:00
Uhr? Und sie ist tatsächlich schon Omi, wie sie mir später be-
richtet.

~~~

Nachdem sie gegessen und getrunken hat, holt Fr. Sowieso
einen Schreibblock heraus und fängt an, eine riesige Kurve
darauf zu malen. Diese besteht aus verschiedenen Komponenten. Im Prinzip wirkt die Homöopathie so (aber ich bin mir nicht
sicher, ob ich tatsächlich alles richtig verstanden habe): Man hat
eine Krankheit (wie ich z.B. die Angst, obwohl ich gar nicht
krank bin, o.k.?), die man aber bis in die Kindheit zurückverfol-
gen muss. Man nimmt verschiedene Tropfen für jede Komponente (was für Komponenten?), die sie auf das Blatt gezeichnet
hat.

Und weil es bis in die Kindheit zurückgehen kann, werde ich
gefragt, welche Krankheiten ich damals hatte. Masern? Röteln?
Die Pest? Weil es sein könnte, dass ich die Symptome dieser
Krankheiten erneut spüre bei der Behandlung. Habe ich mir

44

irgendwann mal Knochen gebrochen? Ich könnte die Schmerzen wiederkriegen.

Für jede Komponente auf dieser Reise in die wunderbare Welt der Kinderkrankheiten gibt es Tropfen. Die ersten Tropfen muss ich sechs Wochen lang nehmen. Zwei Tropfen alle zwei Tage. Damit wäre die ganze Pubertät abgedeckt. Bloß gut, dass ich damals keine Akne hatte.

Ich darf während dieser sechs Wochen keinen Kamillentee und keine Minze zu mir nehmen. Nicht mal Kaugummi gegen übel riechenden Atem. Nicht, dass ich so was bräuchte, nein igitt. Aber ab und zu fühlt man sich eben sicherer, wenn man ein Hustenbonbon lutschen kann. Nach den sechs Wochen kriege ich dann ein neues Mittel für die nächsten zwei Monate und dann noch ein neues für weitere sechs Monate.

Das macht insgesamt mehr als acht Monate: So lange muss ich noch leiden, sagt die Fr. Kopf-imba-Khofen. Auf diese Weise kriege ich meine Angst für immer weg. Darauf gibt sie mir ihr Wort. Ach ja, und ich soll am besten von Psychiatern fernbleiben. Sie verschreiben einfach Psychopharmaka und diese Medikamente sollte man nie zu sich nehmen, weil sie eben Psychopharmaka sind, und die haben seit eh und je einen so schlechten Ruf.

„Sie können die schlimmsten Dinge mit Ihnen anstellen, Frau Kotchikella. Vertrauen Sie mir." Mensch, was war ich nur blöd. Wie konnte ich so was Dämliches machen, wie diese Viertelstückchen zu nehmen.

Was mir alles hätte passieren können. Auf einmal bin ich froh, meine Tabletten losgeworden zu sein, bevor mir ein dritter Arm mitten in der Brust und ein Schwanz im Gesicht gewachsen wären.

„Diese Medikamente sind furchtbare Dinge, Sie haben ja keine Ahnung." Und sie schüttelt dabei die ganze Zeit ihren blondierten Kopf und schaut mich traurig an. Sie sucht Verbündete gegen die böse Pharmaindustrie. Da ich ziemlich schmerzempfindlich bin, bin ich echt dankbar, dass es auf der Welt Aspirin und Paracetamol gibt, ohne dass ich, wenn ich Schmerzen habe, in den nächstbesten Wald rennen muss, um Pflanzen gegen Kopfschmerzen zu pflücken. Aber das sage ich ihr lieber nicht. Sie wirkt leicht fanatisch, was Bayer & Co. angeht.

„Wissen Sie, wie Psychopharmaka überhaupt wirken?"

„Nö, kann ich nicht behaupten", antworte ich. Ehrlich gesagt, hätte ich jetzt auch gern eine Aspirin. Diese Frau redet schon seit über zwei Stunden und ich habe den Sinn dieser Behandlung nicht mal ansatzweise verstanden. Gut, muss ich eigentlich auch nicht. Das Wichtigste ist, dass ich ein Rezept kriege, den Rest kann mir Judy dann erklären.

„Diese Medikamente werden immer von Ärzten verschrieben, wenn sie nicht mehr weiterwissen. Sie wollen einfach ihre Patienten ruhig kriegen, damit sie nicht weiter belästigt werden. Und die Nebenwirkungen erst, Frau Tchokkinella, Sie haben ja keine Ahnung", plappert sie weiter.

Ja, ich habe schon verstanden. Ich habe zwar keine Ahnung, aber irgendwie fängt es langsam an zu nerven, dass sie das immer sagt. Wer hat je 200 Euro ausgegeben, um hören zu müssen, wie wenig Ahnung man hat? Bitte Hand hoch. Wie, außer mir niemand? Meine Güte, ich habe nun doch wirklich keine Ahnung.

„Die Nebenwirkungen sind schrecklich, schrecklich. Was alles passieren kann, wenn man Psychopharmaka nimmt, Sie haben ja keine Ahnung. Die stellen Sie einfach nur ruhig und wie sollen Sie da Ihre Probleme wegkriegen?"

Woher soll ich das wissen, will ich antworten, ich habe ja sowieso keine Ahnung!

„Ich verschreibe Ihnen jetzt ein homöopathisches Mittel. Sie werden ja sehen, nach ein paar Tagen geht es Ihnen schon viel besser." Sie holt aus ihrer Tasche ein Rezeptbuch heraus. Nachdem sie mindestens weitere zehn Mal über die Pharmaindustrie hergezogen ist und mich ebenso viele Male davor gewarnt hat, die Finger von diesen Teufelsmitteln, genannt Psychopharmaka, zu lassen, darf ich endlich gehen. Ich laufe über die Straße zur Apotheke. Während ich warte, bis ich bedient werde, wird meine Aufmerksamkeit auf ein Bücherregal gezogen. Aber das ist eigentlich nichts Neues, denn meine Aufmerksamkeit wird immer zu irgendwelchen Büchern gelenkt, egal, wo ich bin.

Wenn in diesem Augenblick Jonny Depp vorbeikommen sollte, würde ich es nicht mal merken. Diese kleinen Ratgeber sind so niedlich und vor allem praktisch. Die Tatsache, dass zu Hause mehr als vierzig Bücher darauf warten, gelesen zu werden, interessiert mich nicht. Bücher kann man nie genug haben. Was ist, wenn alle Buchhandlungen in Deutschland auf einmal Feuer fangen?

Ich suche einen Ratgeber über Homöopathie. Nur mal so, um zu erfahren, ob das, was Frau Kopf-imba-Khofen gesagt hat, überhaupt stimmt. Na ja, das könnte ich natürlich nur, wenn ich verstanden hätte, was sie da erzählt hat. Das Büchlein nehme ich trotzdem mit. Kostet nur 6,50 Euro.

Dann unterhalte ich mich eine Weile mit der Apothekerin. *Nux Vomica* heißt das Wundermittel, das mir meine Homöopathin verschrieben hat, und da ich gezwungen war, Latein zu lernen, kann ich ein bisschen verstehen, was Vomica bedeutet: so viel wie „Kotzen?".

Kotzende Nuss? Mein Latein ist vielleicht ein wenig eingerostet. Inwiefern diese Ekel erregende Tätigkeit in Zusammenhang mit meinen Nerven steht, ist mir nicht wirklich klar. Die Apothekerin weiß es auch nicht. Da ich hier in der Nähe wohne, mache ich eine Ausnahme und laufe nach Hause, obwohl ich dafür echt mit mir kämpfen muss. Als ich endlich da bin, lege ich mich sofort aufs Sofa. Mensch, bin ich müde. Dann hole ich das kleine Büchlein raus und schlage mal nach, was diese „*Nux Vomica*" bewirken soll.

Aber da steht nur Unsinn drin und keine Erklärung, für was dieses Mittel gut sein soll. Interessant finde ich aber die Entdeckung der Homöopathie: Im 18. Jahrhundert hat ein gewisser Samuel Hahnemann gelebt und der war Arzt – was auch immer das im 18. Jahrhundert bedeutete.

Er war, glaube ich, auch nicht zufrieden, Arzt im 18. Jahrhundert zu sein. Eines Tages, als er besonders unzufrieden war (oder gerade sehr viel Langeweile hatte, vermute ich), dachte er sich: Ich möchte herausfinden, was passiert, wenn ich jetzt ein Mittel, das gegen Malaria angewendet wird, trinke. Er hatte aber keine Malaria. Er wollte nur erfahren, was danach mit ihm geschieht. Nachdem er ein paar Gläser Chinin (eben das Mittel gegen Malaria) zu sich genommen hatte, überkamen ihn typische Malaria-Symptome.

Nachdem er das festgestellt hatte zog er daraus die Erkenntnis, dass Chinin nicht nur Malaria-Kranken helfen würde, gesund zu werden, sondern auch, dass viel Chinin an gesunden Menschen Malaria-Symptome erzeugen können.

Er gab diesem Prozess sogar einen Namen: „Similia similibus curentur", was sich ein bisschen wie Harry Potter anhört, aber so viel heißt wie: Ähnliches kann mit Ähnlichem geheilt werden. Die Homöopathie basiert auf dieser tollen Entdeckung. Nun, ich muss morgen wieder zur Apotheke, um die Tropfen abzuholen.

Ich lasse mich einfach überraschen. Da ich ja sowieso nichts Besseres zu tun habe, mache ich mich schnell fertig: Zähne putzen und meine viel zu langen Haare im Nacken zusammenbinden, dann kann's losgehen ins Eiscafé, das zum Glück nur zwei Haltestellen von mir entfernt ist. Faule Menschen wie ich bewegen sich in kleinen Kreisen. Leider kann ich mich aber nicht mal im Eiscafé vor der Angst verstecken, sie kommt einfach mit und alle meine Versuche, sie auf dem Weg loszuwerden, scheitern.

Um mich ein bisschen abzulenken, nehme ich ein paar Zeitungen an meinen Tisch, um zu erfahren, was in der Welt der Schönen und Reichen (also das Gegenteil von meiner Welt) passiert ist. Ach je, Brad Pitt kommt nach Berlin. Leider ist momentan eine Reise nach Berlin nicht drin, nicht mal für dieses Geschenk Gottes an die Frauen.

Der Gedanke, im ICE oder Flugzeug zu sitzen, behagt mir nicht so. Was, wenn das Flugzeug abstürzt? Oder mein ICE sich überschlägt? Und was, wenn ich mal kurz aus dem Flugzeug raus will, weil ich es drinnen nicht mehr aushalte? Ne, ne, ich bleibe brav in Frankfurt und fahre höchstens U-Bahn. Die bringt mich nur leider nicht nach Berlin zu Brad Pitt. Michele schreit mal wieder seinen Angestellten an, einen Jungen aus Kolumbien, weil der zum sicher ein Millionsten Mal ein Glas hat runterfallen lassen.

Hinter der Theke sieht es momentan wie nach einem Kampf zwischen David und Goliath aus. Michele ist Goliath: kräftig und laut, Louis ist dann natürlich David, ganz klein und leise – wenn er gerade mal fünf Minuten keine Gläser kaputt macht. Micheles Ehefrau kommt rein und da sie im siebten Monat schwanger ist, rennt sie sofort auf die Toilette. Es drängt so sehr, dass sie nicht mal einen Kuss für Goliath übrig hat. Nachdem sie fertig ist, setzt sie sich auf die Sitzbank oder besser gesagt, sie lässt sich darauf plumpsen. Ihr Bauch muss leider nach draußen gucken, zwischen Tisch und Bank ist nicht genug Platz. Kaum hat sie sich hingesetzt, klaut sie mir schon die Zeitung. Kann man einer Schwangeren etwas abschlagen? Würde das überhaupt was nützen?

Da sie schon genug leidet (ich gehe davon aus, denn ich kann mir beim besten Willen nicht vorstellen, dass so ein Bauch und geschwollene Fußgelenke ein Spaß sind), überlasse ich ihr die *Gala* sowie Brad Pitt und verzichte darauf, meinen Elektroschocker rauszuholen.

Aber nur, weil sie ein Baby erwartet. Der Kleine kann schließlich nichts dafür. Ich weiß, ich bin einfach viel zu nett. Ein paar

Minuten später geht sie nochmals auf die Toilette (aber erst, nachdem Michele ihr geholfen hat, aufzustehen) und ich kann mir wieder die Zeitung greifen. Super, nächste Woche kommt „Troja" in die Kinos und ich habe irgendwo gehört, dass man Brad in seinem Film auch ein bisschen nackt bewundern kann. Ich bin mir nicht schlüssig, ob meine Nerven im Moment nicht schon zu strapaziert sind, um diesen Anblick zu verkraften.

Aber ich habe schon so was von lange keinen nackten Mann mehr gesehen, dass ich die acht Euro nur als gute Investition betrachten kann. Ich bin sehr aufgeregt oder eher erregt? Macht nichts, wird sowieso niemand erfahren, dass ich ins Kino gehe, um Brad Pitt nackt zu sehen. Irgendwie beschleicht mich das Gefühl, dass ich nicht die einzige Frau sein werde, die aus diesem Grund ins Kino geht. Allein der Gedanke lässt meinen Blutdruck steigen.

Nur, dass es mich dieses Mal nicht besonders stört.

„Hey Lisa, weißt du, woran ich gerade gedacht habe?", fragt Olga, als sie von der Toilette zurückkommt. Nö, und ehrlich gesagt interessiert es mich nicht sonderlich, was Leute denken, wenn sie aufs Örtchen gehen.

Denn wenn man dort zu viel denkt, vergisst man leicht, sich die Hände zu waschen. Und ich habe heute leider kein Sagrotan dabei. Wie konnte ich meine Sprayflasche nur zu Hause vergessen?

„Nein, Olga, hab echt keine Ahnung. Worüber hast du nachgedacht?", erkundige ich mich. Dabei merke ich, dass ihre Hände noch etwas nass sind. Oh, Mensch, ich hoffe bloß, das ist nur Wasser.

„Was hältst du davon, wenn wir nächste Woche zusammen in ‚Troja' gehen? Ich habe gehört, in dem Film ist Brad Pitt nackt zu sehen." Die Frau ist schwanger! Sie sollte sich mal etwas zusammenreißen, denke ich.

„Klar, wieso denn nicht? Aber ich gehe in den Film, weil ich Homer schon in der Schule gelesen habe. Ich will nur sehen, ob die Verfilmung was taugt." Ich merke, wie ich dabei ein wenig rot werde. Ich konnte nie besonders gut lügen und habe das Gefühl, dass sie mich durchschaut hat. Gnädigerweise belässt sie es dabei, obwohl sie irgendwas auf Polnisch, ihrer Muttersprache, murmelt.

„Alles klar, dann lass uns nächsten Donnerstag hingehen. Aber nicht so spät, oder? Ach ja, wir müssen uns einen Platz am Gang geben lassen, damit ich schneller auf die Toilette kann." War mir schon klar. Schon geht sie wieder demonstrativ auf die Toilette, falls wir irgendwelche Zweifel gehabt hätten, dass sie es wirklich nötig hat, am Gang zu sitzen. Die Verabredung gilt.

Ich fahre schnell einkaufen und noch schneller nach Hause, denn mittlerweile ist es schon fast 19 Uhr und so spät U-Bahn zu fahren, entspricht nicht meinem Stil. Zu dunkel, zu gefährlich, zu viel Angst, zu viele Tüten und zu wenig Platz in den Händen, um mein Pfefferspray zu umklammern.

Die U-Bahn-Haltestelle an der Miquel/Adickesallee ist nicht sehr frauen- oder menschenfreundlich. Man muss meterlang laufen und schlecht beleuchte Treppen hochsteigen, um endlich an der Oberfläche anzukommen. Wenn irgendetwas passieren sollte, ist man hier auf sich allein gestellt. Unten gelten die allgemeinen Naturgesetze: Nur der Stärkere überlebt! Ich glaube, ich bin nicht damit gemeint. Deswegen renne ich immer wie bekloppt, um schnell nach oben zu kommen. Uff, endlich bin ich draußen.

Wenn ich oben ankomme, denke ich stets über eine Mitgliedschaft im Fitnessstudio nach. Ich bin immer so aus der Puste, als wäre ich gerade Marathon gelaufen. Dabei waren es nur hundert Meter. Als ich mein trautes Heim betrete, renne ich schnell zum Sofa. Ich bin nicht mehr so jung wie vor ein paar Monaten. Angst lässt schneller altern. Das ist nun mal Tatsache.

05. Mai 2006

„Ding Dong."

Ich liebe es, Apotheken zu betreten, ich fühle mich gleich entspannter und gesünder. Die Apothekerin erkennt mich und geht meine Bestellung holen. Danach unterhalten wir uns eine Weile über die *Nux Vomica*. Wofür die gut sein soll, finden wir allerdings immer noch nicht raus. Auch egal. Ich muss mich aber nicht erschrecken, falls es mir am Anfang der Behandlung schlechter geht.

Das ist normal, es nennt sich „Erst-Reaktion" und ist ganz üblich bei homöopathischen Mitteln. Dann soll ich außerdem, damit die Tropfen besser wirken, auf eine Menge Acht geben: kein Kamillentee, keine Minze, kein Alkohol und die Tropfen immer zur selben Uhrzeit einnehmen.

Eine halbe Stunde vor und eine halbe Stunde nach der Einnahme weder essen noch trinken. Die Tropfen auf den Handrücken schütteln und mit der Zunge ablecken.

Nicht sofort schlucken, sondern im Mund über die Schleimhäute einwirken lassen. Alles furchtbar wichtig. Hab verstanden. Irgendwie habe ich mir das nicht so kompliziert vorgestellt. Ich bin mir fast sicher, dass man nicht mal für Antibiotika so ein Theater veranstalten muss. Für 0,50 Cent extra kann man sich auch den Blutdruck messen lassen. Die Werte sind nicht so schlimm: 135 zu 97, Puls 95. Kann ich bei Ihnen auch Fieber messen?

Nur so, um ganz sicher zu sein: 35,2°. Wunderbar. Da ich Urlaub habe, weiß ich nicht genau, was ich mit meiner Zeit anfangen soll. Wenn ich keine Angst hätte, würde mir glatt langweilig werden.

Super, Angst ist ab und zu also auch zu was zu gebrauchen. Ich überlege, wann genau ich die Tropfen einnehmen soll und entscheide mich für 18 Uhr. So, als ob ich in England wäre und meine Teatime habe. Als es so weit ist, nehme ich meine zwei mickrigen Tropfen und warte gespannt, ob irgendetwas passiert. Und warte, und warte …

Da nach zehn Minuten nichts dergleichen geschehen ist, schalte ich meinen Fernseher ein und denke nicht mehr daran. Ich esse und trinke und nichts ändert sich. Ich liege und lese und nichts passiert. Ich dusche und ziehe meinen Pyjama an (schlabbrige Hose und ebenfalls schlabbriges T-Shirt ergeben zusammen Pyjama) und nichts passiert.

Als ich mich hinlegen will, um fernzusehen, passiert viel zu viel und doch alles auf einmal. Mensch, geht es mir plötzlich schlecht: Ich zittere am ganzen Körper und habe das Gefühl, einen super Adrenalinschub zu bekommen. Ich kann nicht still sitzen und fange an, in der Wohnung auf und ab zu laufen. Das reicht nicht, ich gehe nach draußen. Vielleicht hilft es, ein bisschen frische Luft zu schnappen.

Frische Luft ist immer gut. Aber nicht heute. So müssen sich Drogenabhängige fühlen, wenn sie auf ihrem Trip sind. Ich habe aber keine Drogen genommen, glaube ich zumindest. Ich überlege kurz. Ja, am Besten gehe ich die Treppen hoch und runter. Das mache ich dann auch: vier Stockwerke hoch, vier runter, vier noch mal hoch, vier noch mal runter.

Und so weiter. Irgendwann bin ich natürlich aus der Puste und bleibe einfach vor der Haustür sitzen. Mir geht es viel zu schlecht: Ich bekomme keine Luft, ich kann nicht mehr atmen. Ich kriege natürlich Angst: Was ist, wenn ich keine Luft mehr bekomme? Ganz klar, ich werde ersticken.

Das will ich nicht. Hier draußen ist es so dunkel, dass ich kaum merke, wie jemand auf mich zukommt. Es ist der schwarz bekleidete Sexbesessene, der wahrscheinlich auch einen Namen hat. Seit vier Jahren nehme ich mir vor, ihn zu fragen, wie er heißt, vergesse das aber immer wieder, weil er stets nur irgendwelche Bettgeschichten zu erzählen hat.

Dabei kann man leicht versäumen, sich vorzustellen. Er bleibt vor mir stehen und fragt, ob es mir nicht gut geht: Zu viel Sex macht einfach dämlich, das habe ich schon immer gewusst. Natürlich geht es mir schlecht, ich kann aber nicht mal sprechen, was für ihn momentan sicher besser ist.

Nur so viel kommt aus mir raus: „Krankenwagen anrufen, bitte." Nur weil ich nicht mehr zwei und zwei zusammenzählen kann, heißt es noch lange nicht, dass ich unhöflich werden muss.

Endlich erkennt Schwarzmann, dass ich es ernst meine, da holt er schnell sein Handy raus. Er ruft aber ein Taxi an: dieser Blödmann! Was soll ich mit dem Taxi? Er kniet vor mir und zwingt meinen Kopf zwischen meine Beine und will, dass ich ganz langsam Luft einatme und dann bis zehn zähle, bis ich die Luft wieder ausatme.

Ich bin so froh, dass jemand bei mir ist, auch wenn es sich nur um Schwarzmann handelt. Ich verspreche, meinen Erstgeborenen nach ihm zu nennen. Natürlich nicht Schwarzmann, sondern nach seinem echten Vornamen. Ich befolge seine Hinweise und wiederhole das Ganze ein paar Minuten lang. Das hilft wirklich, ich bin echt baff.

Das Taxi biegt in die Einfahrt ein und Schwarzmann steckt mir einen Fünfzig-Euro-Schein in die Hand und hilft mir beim Aufstehen.

Als ich im Auto sitze, teilt er dem Taxifahrer mit, dass er mich ins nächste Krankenhaus bringen soll. Wir fahren los und in nur drei Minuten stehe ich vor dem Krankenhaus, mitten in der Nacht. Mittlerweile kann ich eigentlich ganz normal atmen, aber meine Angst ist davon nicht beeindruckt, sie will in die Notaufnahme.

Daher gehe ich mit. Ich melde mich am Empfang und frage nach, wo die Notaufnahme sei. „Den Gang hier geradeaus und dann die Treppen runter", teilt mir der junge Mann mit. Okay, mache ich. Ich öffne die schwere Metalltüre und spähe hinein. Cool, gefällt mir hier. Alles ist blitzblank sauber, es riecht lecker nach Sagrotan, alles ist hell beleuchtet und wunderbar still. Ich bin angekommen – ich habe endlich mein Zuhause gefunden. Ich fühle mich augenblicklich wohl und entspannt wie lange nicht mehr. Home, sweet home. Es gibt eine viereckige Sitzreihe, viele Zeitungen und sogar Bücher im Regal. Und eine Kinderecke mit kleinen roten Stühlchen und einem sprechenden Bildschirm. Ob ich hier einziehen kann? Wie teuer ist die Miete?

Es hängen ein paar Bilder an den Wänden. Große Bilder mit Delfinen und Wellen und so viel Meer. Ach, wie beruhigend das alles wirkt. Ein paar Säulen ergänzen das Ganze und ein großes Fenster auf der rechten Seite beschert mir einen Blick auf den Garten. Sogar bei Nacht wirkt er einladend und gemütlich, mit viel Grün und Bänken aus Holz.

Herrlich! Ich spüre keine Angst mehr, überhaupt nicht. Ich laufe zur Empfangstheke und benutze die kleine Glocke, da keiner da ist. Sofort kommt eine Schwester, Mitte vierzig, kurze dunkelblonde Haare, mit kleiner Brille. Sie wirkt höflich distanziert und fragt, was sie für mich tun kann. Die Frage, die mir auf der Zunge liegt, was kostet hier der Quadratmeter, verkneife ich mir lieber. Ich erkläre ihr meine (momentan nicht mehr vorhandenen, aber das sage ich ihr nicht) Beschwerden.

„Haben Sie einen Überweisungsschein?", werde ich gefragt.

Eh? Ne, ich habe ihn zufällig zu Hause vergessen. Meinen Überweisungsschein für die Notaufnahme habe ich sonst jedoch immer dabei, so ein Pech! Aber das behalte ich für mich. Ich habe schon gelernt, dass Leute, die in einem Krankenhaus arbeiten, überhaupt keinen Sinn für Humor haben. Das finde ich wiederum nicht gut, denn es würde hier Vieles leichter machen.

„Nein, leider nicht", antworte ich.

„Das macht dann 10 Euro Praxisgebühren. Ich brauche Ihre Versichertenkarte, bitte." Ganz locker, als hätte ich meine Zitterattacken vorhin eben der Wand hinter ihr erzählt. Ich fühle mich von der Dame nicht ganz ernst genommen.

Klar, ich weiß, ich blute nicht und alle meine Körperteile hängen noch am richtigen Platz. Jedoch bin ich der Meinung, dass der Tatsache, dass man keine Luft mehr kriegt, eigentlich ein bisschen mehr Anteilnahme gewidmet werden sollte.

Wie dem auch sei, ich gebe der Schwester die 10 Euro. Ich könne dann Platz nehmen, der Doktor käme gleich. Sie kommt zu mir, um mir den Blutdruck zu messen. Ich bin begeistert vom Service hier. Von meinen Werten allerdings weniger: 160 zu 115, Puls 110. Ich muss erst mal schlucken, so hoch waren die noch nie. Oh je, ich ersticke nicht, ich kriege einen Herzinfarkt. Oh mein Gott, einen Herzinfarkt, oh mein Gott, oh mein Gott. Wieso schiebt mich die Schwester nicht gleich in den OP? Worauf wartet sie denn noch? Wo hat sie denn ihre Ausbildung gemacht? Ich kriege einen Herzinfarkt und sie tut gar nichts. Und – schwupps – hyperventiliere ich gleich noch mal! Die Schwester schaut mich einfach nur an und schüttelt dabei den Kopf. Ich verstehe sie nicht, wieso hilft sie mir denn nicht?

„Frau Ciottinella, so geht das nicht. Sie müssen versuchen, ruhig zu bleiben", sagt sie mir. Ruhig bleiben? Wie soll ich denn ruhig bleiben, wenn ich gleich einen Herzinfarkt kriege. Und das sage ich ihr auch.

„Glauben Sie mir, Sie kriegen keinen Herzinfarkt. Sie sind nur aufgeregt, sonst nichts." Sie benutzt einen Ton, der mir nicht so ganz gefällt. Wie wenn sie mit einer Fünfjährigen reden würde.

„Aber ich habe Angst, ich hatte noch nie einen so hohen Blutdruck", antworte ich schniefend, eben wie eine Fünfjährige. „Ich habe irgendwo gelesen, dass man bei zu hohem Blutdruck einen Herzinfarkt kriegt". Schnief, schnief.

„Nein, Frau Cicciottella, nicht wenn man zum ersten Mal solche Werte hat. Das ist in Ihrem Fall ganz normal, weil Sie eben viel zu aufgeregt sind. Bald ist der Doktor da und er wird Ihnen das Gleiche sagen. So, ich hole Ihnen jetzt etwas Wasser und Sie werden sich gleich besser fühlen." Und schon war sie wieder verschwunden.

Ich weiß nicht, wie spät es ist oder wie lange ich bereits hier sitze, als endlich der Doktor auf mich zukommt.

„Frau Kotzimella?", fragt er.

Ich schaue mich um und da ich immer noch die einzige Besucherin bin, meint er wohl doch mich. Ich muss mich immer so anstrengen, um meinen Nachnamen zu verstehen.

„Ja, das bin ich, glaube ich", antworte ich, nehme mir dabei Zeit, um Dr. Netti zu betrachten. Bis auf seine nicht vorhandene Größe erinnert mich der Doktor an eine ältere Version von Omar Sharif (ich habe eindeutig viel zu viel Zeit vor dem Fernseher verbracht): Er hat einen schlohweißen Kopf und eine dicke schwarze Augenbraue quer durch seine Stirn. Aber es sind seine fröhlichen Augen, die meine Aufmerksamkeit erregen.

Ein fröhlicher Arzt im Nachtdienst? Egal, was er zu sich nimmt, um so ruhig zu sein, ich will genau dasselbe haben.

„Also, was ist denn passiert, junge Dame?" Der Mann ist der geborene Charmeur. Er hat mich „junge Dame" genannt. Daran können sich die Männer in meinem Alter ein Beispiel nehmen. Heute muss eine Frau schon froh sein, wenn sie nicht mit: „Hey, du Tussi, hey, was's los?" angesprochen wird. Uhm, was wollte der Arzt noch von mir wissen? Ach ja, was ich habe.

„Ich war vorhin zu Hause und auf einmal habe ich keine Luft mehr bekommen. Einfach so. Ich habe so viel Angst gekriegt, ich dachte, ich ersticke. Dann bin ich hierhergekommen und die Schwester hat mir meinen Blutdruck gemessen. Jetzt habe ich Angst, dass ich einen Herzinfarkt kriege. Mensch, ich habe so viel Angst, das ist nicht mehr normal."

Schnief, schnief.

„Oh je, was macht ihr jungen Leute euch heutzutage für Probleme. Man stelle sich das nur vor, einen Herzinfarkt, ah, ah." Und er lacht. Ich bin so müde, dass ich auch anfange zu lachen. Obwohl ich nicht mal weiß, wieso ich das tue. Der Doktor macht sich auf den Weg zum Untersuchungsraum, gibt ein Zeichen in meine Richtung und so folge ich ihm.

„So, ziehen Sie Ihren Pullover und BH aus und legen sich bitte dorthin. Die Schwester kommt gleich und wir schreiben ein EKG, okay?", sagt er.

„Wieso denn das? Sie meinten doch, ich müsse mir um einen Herzinfarkt keine Gedanken machen. Wieso wollen Sie jetzt ein EKG haben? Sie machen sich also auch Sorgen? Oh je, oh je." Schnief, schnief.

„Nein, Frau Poppinella, das machen wir nur, damit Sie sich endlich beruhigen und nach Hause fahren können, okay?" Er gähnt demonstrativ, um mir zu zeigen, dass er auch gern endlich eine Mütze Schlaf hätte. Ich werde an das EKG-Gerät angeschlossen und eine Minute lang hört man nur ein leises Summen.

Als die Aufzeichnung beendet ist, darf ich mich wieder ankleiden und mit dem Blatt Papier ins Nebenzimmer gehen. Dr. Netti schaut sich das an und sagt mir, dass ich kerngesund bin. Ach, bin ich froh. Solche Komplimente höre ich gerne.

„Heißt das, ich brauche mir keine Sorgen zu machen?", hake ich noch nach. Ob er mir das auch schriftlich geben kann? Das wäre echt nett.

„Nein, brauchen Sie nicht. Fahren Sie nach Hause und gehen Sie schlafen. Ich gebe Ihnen was mit, damit ich auch sicher sein kann, dass Sie heute Nacht nicht mehr hier auftauchen." Und er drückt mir zwei kleine verpackte Pillchen in die Hand. Also echt jetzt, als ob ich das tatsächlich tun würde. Wozu denn auch. Für heute reicht es mir, wenn ein Arzt mir sagt, dass ich gesund bin. Ich lasse mir ein Taxi rufen und fahre nach Hause.

06. Mai 2006

Blutdruck: 140 zu 95, Puls 118, Temperatur 35,0°.

Ich habe noch ein Hühnchen mit Fr. Kopf-imba-Khofen zu rupfen, deswegen will ich sie gleich nach dem Aufstehen anrufen. Auf dem Couchtisch liegen noch die Beruhigungsmittel, die mir der Arzt im Krankenhaus mit auf den Weg gegeben hat, natürlich unangetastet. Ich verstecke sie unter dem Porzellanclown auf meinem Bücherregal. Danach wähle ich ihre Nummer.

Ich spüre immer noch leichte Adrenalinschübe oder besser gesagt kleine Stromschläge und schaue nach, ob alle Finger dort sind, wo sie hingehören. Trotzdem fühle ich mich merkwürdig unruhig. Sie geht endlich dran.

„Guten Tag, Frau Kopf-imba-Khofen, hier spricht Frau Coccinella. Wie geht es Ihnen?"

„Ach, Hallo Fr. Kotchikella, ja, mir geht es gut, und Ihnen? Haben Sie schon die Tropfen eingenommen?" Sie klingt so begeistert, als ob sie erwartet, dass ich ihr heute bereits meine plötzliche Heilung mitteile. Ich bringe es fast nicht übers Herz, sie zu fragen, was für einen Mist sie mir da verschrieben hat. Aber nur fast. Sie ist eben begeistert von ihrem Ich-verlange-200-Euro-für-ein-Rezept-Beruf.

„Ähm, eigentlich wollte ich nur sagen, ähm, ich bin gestern Abend ins Krankenhaus gefahren. Mir ist nach der Einnahme der Tropfen sehr schlecht geworden. Ich konnte nicht mehr richtig atmen, ich musste die ganze Zeit nur zittern, es ging einfach nicht anders." Gut, das war nicht so überzeugend, wie ich es gern gehabt hätte, aber sie hat bestimmt verstanden, was ich sagen wollte.

„Aber Fr. Tchiotctci, Tchitchi … entschuldigen Sie bitte, darf ich Sie beim Vornamen nennen? Ihr Name ist mir viel zu schwierig." Ja, ist mir sogar lieber.

„Aber sicher doch, nennen Sie mich Lisa." Was bin ich denn für eine nette und wohlerzogene junge Dame.

„Ja, also, Lisa, was ich Ihnen sagen wollte. Es ist ganz normal, da brauchen Sie sich keine Sorgen zu machen. Man nennt es in der Homöopathie ‚Erst-Verschlimmerung'. Das zeigt nur, dass das Mittel gut bei Ihnen angeschlagen hat." Ach, wie gern hätte auch ich ihre Überzeugung.

„Ja, ich habe schon verstanden, dass bei der Homöopathie eine ‚Erst-Reaktion' zu erwarten ist, aber gestern Abend gab es einfach eine ‚Reaktion', die mir eine Heidenangst eingejagte. Ich dachte, diese Tropfen sollen mir die Angst wegnehmen und nicht mich verrückt machen. Wie lange dauert diese Sch... ähm ich meine, diese ‚Erst-Reaktion' noch?" Das war aber knapp, mir wäre beinahe das Wort, das mit Sch ... anfängt, rausgerutscht.

„Nicht mehr sehr lange, Lisa, höchstens ein paar Tage und danach gewöhnt sich Ihr Körper an das Mittel." Uhm, ich glaube nicht, dass mein Körper sich an so etwas gewöhnen kann, aber da muss ich jetzt durch.

„Okay, dann werde ich eben morgen weitere zwei Tropfen nehmen und abwarten, was passiert." Ja, das will ich auch hoffen.

„Also, Lisa, falls es heute noch schlimmer wird, können Sie die Avena Sativa Globuli nehmen, die ich Ihnen auch auf dem Rezept verschrieben habe. Sie haben eine leicht beruhigende Wirkung." Gut, denn das kann ich echt gebrauchen, Madame.

„In Ordnung, ich schaue mal, ob ich die schon gekauft habe. Wie viele Globuli darf ich denn nehmen?" Was sind Globuli überhaupt?

„Sie können alle zwei Stunden fünf Globuli nehmen, dann werden Sie sich nicht mehr so nervös fühlen." Verstanden, oder auch nicht? Ich wollte eigentlich nichts mehr mit Latein zu tun haben nach der Schule.

~~~

Tatsächlich finde ich in der Tüte, die ich aus der Apotheke mitgenommen habe, noch eine kleine Schachtel. Ich hole die geheimnisvollen Globuli heraus und schaue auf die kleinen, weißen Kügelchen. Sie sind ja so niedlich. Ich zähle fünf Stück ab und stecke sie mir in der Mund. Man darf sie nicht schlucken, sondern langsam auf der Zunge zergehen lassen. Kauen ist auch verboten.

Ich fange an, diese vielen Vorschriften total nervig zu finden. Nach zwei Stunden weitere fünf und so weiter und so fort. Von beruhigender Wirkung nichts in Sicht. Bis zum Abend weiß ich nicht mehr, wie viele Globulini, oder wie sie auch immer heißen, ich eigentlich genommen habe.

Ich glaube, wenn ich einfachen Zucker zu mir nehmen würde, hätte dies eine viel beruhigendere Wirkung als die Kügelchen. Mir wird wieder schlecht und wenn ich überlege, dass ich den ganzen Tag auf dem Sofa verbrachte, Blutdruck maß und Globuli lutschte oder einfach nur Angst hatte, wird mir noch schlechter. Die Versuchung, ins Krankenhaus zu fahren, ist sehr groß.

Ich laufe mal wieder im Treppenhaus hoch und runter, um mich ein bisschen abzuregen, als ich Caroline treffe, die eben nach Hause kommt.

„Hallo, Caroline. Na, wie war dein Tag?" Meine Atmung muss sich erst wieder stabilisieren, deswegen kommen die Wörter etwas schleppend heraus.

„Hallo Lisa, hast du gerade trainiert?" Kann man so sagen.

„So was Ähnliches. Ich habe irgendwo gelesen, dass Treppensteigen sehr gesund sein soll. Willst du auch eine Runde mit mir steigen?", frage ich.

„Nee, heute nicht. Ich bin so müde und echt fertig, ich gehe jetzt schlafen." Das hört man eigentlich immer von ihr, egal wann man sie trifft. Die Frau ist ständig müde. Grund dazu hat sie auch: Sie studiert, sie jobbt, sie hat einen Freund, mit dem sie zusammenlebt. Ein bisschen beneide ich Caroline trotzdem: Seitdem ich sie kenne, ist sie immer müde und kann auch ohne Treppensteigen schlafen gehen.

Irgendwann an diesem Abend schlafe aber auch ich ein: wie immer auf dem Sofa und wie immer leuchtet meine Wohnung wie ein Weihnachtsbaum.

Ich mache mir schon im Mai Sorgen um die Stromabrechnung im Januar des nächsten Jahres. Wie soll ich die Rechnung zahlen? Es ist nicht so, dass man bei der Stromgesellschaft Geschirr spülen kann oder ein paar Stromkabel montieren, wenn man nicht das passende Kleingeld dabei hat. Sollte ich die Rechnung nicht zahlen können, kommen die bösen Männer von der Gesellschaft und schalten meinen Stromzugang ab. Uuhhh, gar nicht daran denken.

07. Mai 2006

Blutdruck: 150 zu 110, Puls 115, Temperatur 36,0°.

Ich fahre gleich nach dem Aufstehen zum Hausarzt, um ihm von meinem neuesten Abenteuer im Krankenland zu berichten. Ich lasse ihn meinen Blutdruck messen und da ich nun schon einmal da bin, überrede ich ihn, mir noch ein EKG zu machen. Was, wenn die Ärzte im Krankenhaus was übersehen haben?

Immerhin war es mitten in der Nacht und jeder weiß doch, dass Ärzte unterbezahlt sind und fünfzig Überstunden am Tag schieben müssen! Da passieren unter Umständen schon mal Fehler. Aber auch das Gerät vom Doktor zeigt: alles im grünen Bereich. Nachdem ich mich wieder angezogen habe, setze ich mich an den Schreibtisch gegenüber dem Doktor und erzähle ihm, dass ich es nicht mehr aushalte, dass es so nicht weitergehen kann, dass er mir doch helfen muss.

Um alles ein wenig wirkungsvoller zu gestalten (falls er mir nicht glauben sollte, dass es mir wirklich schlecht geht), fange ich an zu weinen. Ich habe auch allen Grund zum Heulen, schließlich fühle ich mich schrecklich, aber der Doktor kann nicht finden, woran das liegt.

Am Besten sollte ich mit meinem Therapeuten darüber reden, denn er ist sicher, dass mir körperlich nichts fehlt. Mein Therapeut ist aber im Urlaub, während ich zu Hause hocke und Angst habe. Ist das vielleicht gerecht? Nein! Deswegen vereinbare ich bei meinem Hausarzt gleich noch einen Termin zur Blutabnahme. Nur, um wirklich sicher zu sein. Wo normale Frauen aus Frust einkaufen gehen, lasse ich mir einen Viertel Liter Blut abnehmen.

Der Vorteil ist, dass ich auf der Waage fast ein Viertel Kilo leichter bin. Eine weitere Möglichkeit wäre es, schlägt der nette Doktor vor, es doch mal mit Akupunktur zu versuchen. Man könnte große Wirkung damit erzielen. So große Wirkung, dass keine Krankenkasse die Kosten dafür übernimmt, zumindest keine gesetzliche. Zehn Behandlungen kosten mich 300 Euro. Ich verspreche dem Doktor, darüber nachzudenken und verlasse die Praxis. Jetzt muss ich nur noch Olga abholen und danach gehen wir ins Kino: Brad Pitt wartet auf mich. Als ich im Eiscafé eintreffe, ist von Olga nichts zu sehen. Ich nehme Platz, da ich noch meine „Tropfen" nehmen muss. Also erst mal einen Tropfen auf den Handrücken schütteln, danach mit der Zunge darüberschlecken. Uhmmm, lecker! Olga kommt endlich aus der Toilette und wir drei (schließlich ist sie schon im 7. Monat schwanger, der Kleine zählt also mit) machen uns auf den Weg zum Kino.

Popcorn und Getränke kaufen wir nicht, diese Halsabschneider verlangen dafür zu viel Geld und ich habe sowieso zwei Brezeln und eine Flasche Wasser in meiner Tasche.

Wie suchen uns zwei Plätze am Ende der Reihe, damit Olga schneller für kleine Mädchen weg kann. Wir sind rechtzeitig im Kino, um die nächste halbe Stunde Werbung sehen zu dürfen. Ich brauche nicht zu sagen, dass die zwei Brezeln nicht lange in meiner Tasche bleiben und in meinem Mund verschwinden. Gerade, als der Film anfängt, bleibt mir irgendwie die Luft weg.

Verstehe ich nicht, was soll denn das! Mir ist so kalt und schlecht und Atmen ist auf einmal sehr schwierig geworden. Das müssen schon wieder die dämlichen homöopathischen Tropfen sein. Ich will versuchen, mich zu beruhigen, aber wenn ich daran denke, dass ich im Kino sitze, der Film schon seit ein paar Minuten läuft und ich nicht gucken kann, weil ich so mit Luftholen beschäftigt bin, werde ich so wütend auf Frau Kopf-imba-Khofen und ihre bescheuerten Tropfen, dass sie sich am Besten nie wieder bei mir blicken lässt, sonst weiß ich nicht, was ich ihr antun werde. Ich habe ihr zum Glück bisher nur 100

Euro bezahlt, wofür eigentlich?

Ich habe sie um Hilfe gebeten, ich habe ihr tatsächlich geglaubt, dass sie mir helfen kann und dank ihrer idiotischen Tropfen kann ich nicht mal atmen. Ich nehme die Brezeltüte und endlich machen sich die zehn Staffeln Emergency Room nützlich: Ich hole tief Luft aus der Tüte, halte sie ein paar Sekunden an und atme dann wieder aus.

Ein und aus, ein und aus …

Irgendwann lege ich die Tüte beiseite und blicke doch noch auf zur 15 Meter hohen Kinoleinwand, als mir wieder die Spucke wegbleibt: Brad Pitt steht nackt vor mir. Oh Mann, bloß gut, dass ich die Tüte nicht weggeworfen habe: also nochmals ein- und ausatmen, ein- und ausatmen.

Dann ist der Film zu Ende und ich muss Olga helfen aufzustehen, da ihr Bauch es nicht mehr zulässt, das alleine zu tun. Was wäre, wenn ein Feuer ausbricht und ich nicht da bin, die arme Frau würde bestimmt verbrennen. Sie muss natürlich nochmals für schwangere Frauen und danach können wir uns auf den Weg machen.

Morgen rufe ich diese Frau mit ihren dämlichen Tropfen an: Wie lange soll das noch so weitergehen.

10. Mai 2006

Blutdruck 155 zu 95, Puls 120, schon wieder kein Fieber.

Wäre gar nicht so schlimm, wenn ich Fieber hätte, da ich heute zur Arbeit muss, so ein Mist. Allein der Gedanke an die Arbeit reicht und mir wird echt schlecht. Würg!

Unter der Dusche kann ich mich auch nicht beruhigen, deswegen dusche ich gleich nochmals, weil ich schon wieder verschwitzt bin. Und ich rege mich gleich noch mehr auf, als ich an die kommende Wasserrechnung denke.

Als ich endlich mit nur einer Stunde Verspätung in meinem Büro ankomme, herrscht das Chaos: Die Firma soll verkauft worden sein und weitere 10.000 Mitarbeiter in Europa sollen ihr Blut auf dem Altar von XYZWelt GmbH opfern.

Cool bleiben, sage ich mir. Solche Schreckensmeldungen kommen hier schon seit längerem in regelmäßigen Abständen. Seit ungefähr zwei Jahren hören wir so etwas alle sechs Monate; ich habe also mehr als fünf Entlassungswellen mitgemacht! Auf eine mehr kommt es da nicht mehr an.

Wenn bloß mein Puls auch daran glauben könnte. Ich fahre meinen Computer hoch und verschwinde auf der Toilette mit meinem Messgerät, das heute Morgen irgendwie seinen Weg in meine Tasche gefunden hat, und überprüfe schnell, wie schlecht es mir eigentlich geht: sehr schlecht, mein Puls ist schon bei über 110 angelangt.

Ich höre jemanden reinkommen.

Als ich rausgehe, steht Annabelle am Waschbecken und ich mustere sie: Sie ist dürr und groß, hat kurzes graues Haar. Sie wirkt auf mich leicht androgyn.

Ich kann sie eigentlich gut leiden und manchmal haben wir sogar zusammen zu Mittag gegessen: Wir unterhalten uns über die Nachrichten des Tages. Sie sagt, sie hätte keine Ahnung, wer immer diese Gerüchte in die Welt setzt, und ich soll mir keine Gedanken machen.

Jawohl, unsere Personalabteilung in Deutschland, dort arbeitet

Annabelle nämlich, verhält sich so wie eine neue Regierung, die versprochen hat, keine Steuererhöhungen vorzunehmen.

Na gut, aus ihr kriege ich nichts raus und beim Betriebsrat brauche ich es gar nicht zu versuchen.

Am Schreibtisch angekommen, verstecke ich mein Messgerät und versuche, den Tag rumzukriegen. Ist schwierig, wenn man darüber nachdenken muss, gefeuert zu werden, während man sowieso keine Lust mehr auf den Job hat.

Meine Arbeit besteht in der letzten Zeit nur daraus: Ein Verkäufer (ja, das sind die, die unsere Wolken verkaufen) ruft mich an und fragt, wie lange ich wohl brauche, um die Wolke zu berechnen.

Ich knurre irgendwas ins Telefon und erkläre, dass die Abteilung nur aus zwei Menschen besteht (oder eher eineinhalb, wenn man bedenkt, wie ich im Moment drauf bin. Arme Chi Mih La: Sie hat echt viel zu tun, ihre Porzellanpuppen müssen wohl warten.) Ob das den Verkäufer interessiert? Natürlich nicht, daher versucht er alle möglichen Maschen: Erpressung, Bestechung und Drohungen ... keine davon hat wirklich Aussicht auf Erfolg, denn die Devise in meiner Abteilung lautet: Wer zuerst kommt, wird am schnellsten bedient. Nur mein Chef kann über eine neue Poolposition entscheiden.

Wer ist mein Chef eigentlich im Moment?

Ah, stimmt, ich habe gar keinen. Der letzte ist gefeuert worden und ein neuer ist nicht in Sicht, das heißt: Ich entscheide! Was im Klartext bedeutet: Entweder bist du nett zu mir oder du kannst deine Provision vergessen.

Dann versucht der Verkäufer es mit Schuldgefühlen: Die

schlimmste Variante, weil diese Masche bei mir tatsächlich wirkt: Wenn ich (kleine unbedeutende Angestellte) die Arbeit nicht so schnell wie möglich erledige, wird der Kunde (großer böser Kunde mit einer Milliarde Euro Umsatz im Monat) sich einen anderen Anbieter suchen und meine Firma (mit gefälschter Bilanz, vom FBI gejagt und im Bankrottverfahren) pleite gehen.

Und das alles ist deine Schuld, verstanden, Lisa?

Ich spüre, wie sich mein Magen verknotet, und ich weiß, dass dieser Anruf sich heute noch mindestens weitere fünfzehn Mal wiederholen wird. Ich habe schon Schweißausbrüche, wenn ich bloß daran denke. Es ist einfach zu viel Arbeit für zwei Mitarbeiter. Wir müssen die Verkaufsabteilung in ganz Deutschland und Österreich unterstützen. Ein unmögliches Unterfangen.

Früher schaffte ich das tatsächlich, aber irgendwann verließen mich meine Kräfte und es wurde mir zu viel. Ich bin so müde und völlig kaputt. Das Schlimmste ist, dass ich mich nicht mal irgendwo anders bewerben kann. Wer soll mich in diesem Zustand einstellen? Ich stehe kurz davor, schlappzumachen.

Nee, ich muss froh sein, dass ich überhaupt einen Job habe. Das sagt doch jeder, also muss was Wahres dran sein, oder?

Ich öffne unsere Datenbank, in der sich alle Anfragen von Verkäufern befinden. Auweia: Wenn Chi Mih La und ich uns Mühe geben, sind wir in sechs Monaten damit durch, nur dass wir keine sechs Monate mehr haben, sondern fünf Tage. Wenn es nicht klappt und wir es nicht schaffen, dann geht alles den Bach runter, kapiert? Irgendwann werde ich diesen Mist tatsächlich glauben.

Gegen Nachmittag, nachdem ich stundenlang meinen PC angestarrt habe, ohne etwas Brauchbares mit ihm zu machen, spüre
ich mein Gesicht nicht mehr. Ist es etwa weg? Lisa, natürlich ist
dein Gesicht (ein ganz hübsches dazu) nicht weg, wo soll es
denn ohne mich hin …

Ich taste meine Wangen nach und spüre rein gar nichts. Mein
Hinterkopf tut merkwürdig weh, als ob mich jemand gehauen
hat, meine Kopfhaut kribbelt ganz komisch, meine Stirn ist
betäubt und mein Gesicht ist, wie ich schon sagte, weg! Meine
Schultern kann ich auch nicht richtig bewegen.

Oh je, was kann denn das sein? Mein hypochondrisches Gehirn
forscht in Sekundenschnelle nach allen möglichen Krankheiten,
die mit Gesichtslähmung einhergehen. Und was könnte da besser passen als ein Gehirntumor? Genau, nichts. Schreck lass
nach, ich muss sofort meinen Arzt anrufen. Nee, das bringt
nichts, ich muss persönlich hingehen.

Also sage ich Chi Mih La Bescheid und mache mich auf den
Weg. Ist ja sowieso fast 17 Uhr und ich habe keine Lust mehr,
hierzubleiben. Sie schaut natürlich verärgert und überhaupt
nicht verständnisvoll, so wie ich das tun würde, wenn sie einen
Gehirntumor hätte. Natürlich wünsche ich ihr keinen, nur damit
sie nachvollziehen kann, was ich im Moment durchmache. Also,
das wäre echt fies und gemein und so bin ich nicht. Das ist sicher. Trotzdem ist es anstrengend, so ein netter Mensch wie ich
zu sein.

Obwohl es zu meinem Arzt nur 2,5 Kilometer sind, muss ich
dreimal umsteigen, um zur Leipzigerstraße zu gelangen. Fast
vierzig Minuten brauche ich dafür, daher erwische ich den Dok-

tor kurz vor Feierabend und er hat seinen täglichen Vorrat an Geduld bereits aufgebraucht.

Ich spüre das sofort, als ich vor ihm stehe.

Überall sonst würde er lieber sein als mit mir hier in der Praxis eingeschlossen. Leider (für ihn) hat er irgendwann mal einen Eid abgegeben und muss mich leider (nochmals: für ihn) behandeln, auch wenn er vermutlich wieder denkt, dass ich nichts habe.

Ach, aber heute ist es was anderes, heute habe ich Beweise, dass mir was fehlt bzw. dass ich etwas zu viel habe, wenn man es genau betrachtet.

„Guten Tag Frau `Nella, was ist heute schon wieder los?"

Na gut, dieser Anfang ist nicht gerade viel versprechend, aber das ermutigt mich nur noch mehr, ihn davon zu überzeugen, dass ich wirklich krank bin.

„Guten Tag Dr. Brunnen, mir geht es heute echt schlecht, ich fürchte, ich habe einen Gehirntumor. Ich muss das untersuchen lassen, sonst drehe ich ja noch total durch. Ich muss, verstehen Sie?" So, jetzt ist es raus und sogar mein Gesicht fühlt sich dadurch schon etwas besser an.

„Frau Nella, haben sie schon daran gedacht, eine Weile wieder Beruhigungsmittel zu nehmen? Ich denke, bei Ihnen könnte man schon mal mit einem leichten anfangen. Soll ich Ihnen was verschreiben?"

Was ich davon halte, will er nicht wirklich wissen, da bin ich mir ziemlich sicher. Was soll denn das mit den Medikamenten? Beruhigungsmittel? Ich habe doch bloß Angst, na gut, ein bisschen zu viel davon, aber so weit ich weiß, ist Angst doch nur ein

Gefühl, also was haben da Medikamente zu suchen?

Mensch, ich schaffe das schon allein, ich bin doch nicht krank und auch kein Waschlappen, meine Güte! Ich will doch nur ein CT machen lassen, um sicher sein zu können, dass ich keinen Gehirntumor habe.

Ist das zu viel verlangt? Der Doktor lenkt schließlich ein und ich kriege endlich die Überweisung für den Neurologen, der zufällig ein Freund von meinem Doktor und genauso zufällig Nachbar ist, denn er hat auch auf der Leipzigerstraße seine Praxis. Wie praktisch, fast alle meine Ärzte sind hier: Hautarzt, Augenarzt, Orthopäde, HNO, Hausarzt, Psychotherapeut und jetzt auch ein Neurologe, ganz zu schweigen von meiner Lieblingsapotheke, wo die Verkäuferin mich schon mit meinem Namen begrüßt!

Ich gehe dann schnell noch einen Termin für das CT buchen und mache mich danach auf den Heimweg. Allein der Gedanke, nach Hause zu fahren, macht mich ganz verrückt. Jeden Tag in eine leere Wohnung zu müssen, ganz müde von der Arbeit und niemanden zu haben, mit dem man reden kann, wenn man von den Nachbarn absieht, lässt mich ganz philosophisch werden: Worin besteht eigentlich der Sinn meines Lebens?

Wenn ich keinen Gehirntumor habe, muss ich die nächsten 37 Jahre um 9 Uhr ins Büro und um 18 Uhr nach Hause. Wenn ich dann heiraten und Kinder kriegen sollte, wird mein Mann das für mich übernehmen und ich darf meinen Welpen das Sprechen beibringen, bis ich selbst vergesse, wie man vernünftig spricht und nur noch dummes Zeug aus mir rauskommt wie Chikiki tatata lololo und buhbuh.

Ich bleibe mitten auf der Straße stehen, schaue in den Himmel und will losheulen. Ich weiß echt nicht, was schlimmer ist: als Mann oder Frau auf die Welt zu kommen oder die Tatsache, dass ich noch 37 Jahre arbeiten muss. Losheulen wird hier auch nicht helfen, ich glaube, ich habe gerade entdeckt, wie man alkoholabhängig werden kann. Bloß gut, dass ich zu Hause keinen Tropfen habe, sonst wäre es heute Abend bei mir so weit. Und Drogen sind mir zu teuer!

An meiner Haustür angekommen, sehe ich Erika rausgehen. Oh nein, bitte nicht sie! Wieso ist sie überhaupt noch wach? Normalerweise, pflichtbewusste Beamtin, die sie ist, schläft sie um diese Uhrzeit schon, damit sie um vier Uhr aufstehen kann, um dann um sechs Uhr schon auf der Arbeit zu sein. Sie arbeitet beim Zoll. Und dann wundert man sich, wieso Beamten immer so schlecht gelaunt sind.

Kein Wunder, wenn sie so früh aufstehen müssen.

Die Tatsache, dass sie noch hier unten ist, bedeutet nichts Gutes. Sie sucht ein Opfer, sie will mit jemandem reden, ich muss ganz schnell wegrennen.

Sie ist dafür extra aus dem vierten Stock runtergekommen und hat mich schon gesehen. Es gibt kein Entkommen. Ich muss mich fügen.

„Hallo Lisa! Gut, dass du da bist! Ich muss mit dir reden!"

Wieso, wieso ich?

„Hallo Erika, wie geht's?" Dass das eine rhetorische Frage ist, versteht sie nicht (sprich, ich will nicht wirklich wissen, was sie von mir will, und ich möchte eigentlich nur in meine Wohnung, aber es sieht so aus, als ob ich jetzt hier bin und mir anhören muss, was sie zu sagen hat).

„Lisa, ich war heute wieder beim Arzt. Vielleicht habe ich MS."

Ich weiß nicht, ob ich ihren Gesichtsausdruck richtig deuten kann, aber ich habe irgendwie das Gefühl, dass sie sich darüber freut, MS zu haben, was auch immer das ist. Bisher kannte ich das nur als Abkürzung für Sado/Maso, kann mir aber nicht vorstellen, dass ein Arzt so was diagnostizieren kann.

„Ach ja? Und was ist das?", frage ich, weil ich weiß, dass sie das von mir erwartet.

Natürlich möchte ich sie nicht enttäuschen.

„Wie? Weißt du das nicht? Multiple Sklerose. Heute hat mir der Arzt das Ergebnis der Untersuchungen mitgeteilt. Erinnerst du dich daran? Ich hatte dir doch gesagt, dass ich so was machen muss ..."

Alles klar, ich glaube, es ist ein kurzer Rückblick notwendig, um den Sinn dieser Unterhaltung zu verstehen.

Erika wohnt ganz oben mit vier Katzen. Das hat natürlich Konsequenzen. Ständig erzählt sie ihren Nachbarn im Treppenhaus (so wie mir) ihre Krankheiten oder von der Unfähigkeit der Ärzte, diese Krankheiten zu bestätigen. Ich meine, bis zu einem gewissen Punkt kann ich das nachvollziehen.

Die vier Katzen sind nicht sehr gesprächig und sie wohnt hier ganz allein. Keine Familie, keinen Partner, keine Freunde ... nur Arbeitskollegen. Eben die typische Durchschnittsfamilie in Frankfurt. Aber fremde Menschen, denn das bin ich im Prinzip, auf MS anzusprechen, geht einen Tick zu weit. Letzten Monat war es ihre Muskulatur, die immer kribbelte, davor waren es ihre Augen, die sich einfach zu weit drehten und sie sich nicht sicher war, ob sie (die Augen) für immer nach hinten gucken würden. War da nicht irgendwann mal auch was mit ihrer Blase? Ich weiß es nicht mehr, frag ich am Besten mal Caroline …

„und dann hat er gesagt, ich muss ein MRT vom Kopf machen lassen, aber ich brauche noch …"

Oh Gott, ich stehe kurz davor, mich in eine Erika zu verwandeln, ich werde genauso wie sie.

Nachdem ich mindestens 10 Mal ja und nein gesagt habe, strategisch geplant, damit sie nicht merkt, dass ich eigentlich gar nicht zuhöre, mache ich mich auf den Weg in meine Wohnung. Heute war ein harter Tag, ich will mich nur hinlegen und ausruhen.

Ich habe noch ein bisschen Zeit, bevor ich mich in Erika verwandle. Ich habe nicht mal eine Katze.

17. Mai 2006

Blutdruck 150 zu 115, Puls 105, wieso habe ich nie Fieber? Wenn ich welches hätte, dann müsste ich nicht arbeiten gehen und könnte einfach zu Hause bleiben, anstatt mich mit den Leuten in der Firma herumzuplagen. Es ist nicht so, dass ich sie nicht leiden kann, okay, bei den meisten stimmt das schon, aber ich habe auch ein paar nette Kollegen.

Was ich aber wirklich aus tiefstem Herzen nicht mehr leiden kann, ist meine Arbeit. Ich schaffe das nicht mehr, es ist einfach zu viel. Und keiner scheint das zu verstehen. In der letzten Zeit habe ich angefangen, das Telefon auf die Zentrale umzustellen, weil ich es nicht mehr ertrage, wenn man mich anruft, um mir nur noch mehr Arbeit aufzuladen.

Oder Schuldgefühle. Meine Beschwerden beim Chef, als ich noch einen hatte, brachten nichts: Ich muss lernen, den Stress auszuhalten, hieß es. Ach ja, aber davon steht nichts in meinem Arbeitsvertrag, ich habe nachgeschaut.

Ich finde es nicht fair, dass ich doppelt so viel wie meine Kollegin in Schweden arbeite, das teilte mir mein Chef ganz stolz mit.

Ich will nicht doppelt so viel arbeiten wie die Kollegin in Schweden und wenn doch, dann bestehe ich auf doppeltes Gehalt.

Wird natürlich nichts daraus, denn wie heißt es so schön: Ich muss froh sein, dass ich einen Job habe, mehr darf man nicht verlangen. Ich bin mir sicher, wenn ich mir diesen Satz vorbete, bis ich achtzig bin, glaube ich ihn vielleicht endlich.

Okay, nachdem ich darüber nachgedacht habe, wäre es gut, wenn ich mich fertig machen und zur Arbeit fahren würde, obwohl ich durch diese ganzen Überlegungen so früh am Morgen ganz schön aufgeregt bin. Aber der Gedanke aufzustehen, regt mich nur noch mehr auf. Zuerst muss ich zur Ruhe kommen. In diesem Zustand aufzustehen, macht echt keinen Sinn. Deswegen schlafe ich auch wieder ein.

Der Wecker klingelt aber alle neun Minuten erneut.

Nachdem ich diesen mehr als fünfmal ausgeschaltet habe, springe ich aus dem Bett und unter die Dusche und finde diese ganze Springerei sehr anstrengend. Ich versuche aufzuwachen, indem ich kaltes Wasser auf mein Gesicht spritze. Mindestens fünfzig Liter. Hundert Liter für meinen Luxuskörper und vierzig für die Zähne, weil ich sie dreimal putzen muss, damit ich zu spät zur Arbeit komme und dadurch den meisten Menschen aus dem Weg gehen kann. Wie das gehen soll? Ahah, das ist das einzig Lustige an meinem Arbeitsplatz. Das Gebäude ist ein Möchtegern-Wolkenkratzer (wie die meisten in Frankfurt) und hat fünf Aufzüge und keine benutzbaren Treppen.

Die vorhandenen Treppen sind nämlich ausschließlich dem Brandfall vorbehalten und man kann sie zudem nur von oben nach unten herunterlaufen, sprich, alle Mitarbeiter müssen mit den Aufzügen fahren. Als ich in der Halle ankomme, stehen wie immer von den fünf vorhandenen Aufzügen nur zwei zur Verfügung.

Ich finde es lustig, wie die Menschen in meiner Firma sich beklagen, dass sie deswegen zu spät zur Arbeit kommen. Keiner der Menschen in der Halle hat auch nur ansatzweise irgendetwas wirklich Wichtiges zu tun, das für die Menschheit von Bedeutung wäre. Zum Beispiel ein Heilmittel gegen AIDS zu erfinden, wenn er oder sie im Büro ist.

Aber so tun, als ob, ist für sie wichtig, mich macht es jedoch nur verrückt, weil ich keine Lust habe, so zu tun, als ob. Aber um nicht aufzufallen, muss ich auch so tun, als ob. Was für eine Zeit- und Energieverschwendung.

Die Zeit bis zur Mittagspause ist meine ganz persönliche Zeitverschwendung, ich lese ganz langsam meine E-Mails, ich beantworte sie noch langsamer. Bis sich mein Gesicht wieder taub anfühlt, genauso wie mein Rücken und meine Arme. Ich verstehe wirklich nicht, was das soll und bis zum Kopfcheck ist noch eine Woche hin.

Was mache ich bis dahin? Gut ist, wenn man so einen Check auf alle Fälle vorab mal selbst durchführt. Damit kann man überprüfen, ob man was im Kopf hat, das eindeutig nicht dorthin gehört.

Wenn ich mich recht erinnere, funktioniert das mit dem Test so, dass ich versuchen muss, meine Nase mit der Zeigefingerspitze zu berühren, und das bitte mit geschlossenen Augen.

Einmal links und einmal rechts. Klappt perfekt. Ich bin mir ziemlich sicher, dass ich nichts im Kopf habe, außer meinem Gehirn natürlich (obwohl, so wie ich mich im Moment benehme, bin ich mir da nicht ganz so sicher), aber trotzdem, so lange mir der Arzt nicht sagt, dass ich nichts habe, werde ich mich nicht beruhigen können. Genau das Gegenteil ist der Fall: Ich werde mich bis dahin verrückt machen.

Ich weiß nicht, wie das alles auf meine Kollegen wirkt, die zwischendurch an meinem Schreibtisch vorbeilaufen … so geht es nicht weiter, ich kann nicht einfach hier am Schreibtisch sitzen und nichts tun. Nicht, wenn ich Arbeit habe, die erledigt werden muss, und zwar noch die von vorgestern.

Ich weiß nicht, was passiert, wenn ich nicht mit meiner Arbeit fertig werde. Es ist mir einfach noch nie passiert. Irgendwie habe ich es immer geschafft. Trotzdem ist die Angst, meinen Job zu verlieren, immer präsent und die täglichen Gerüchte über Personalabbau bei uns sind auch nicht gerade hilfreich.

Ich weiß nicht mal, wo ich überhaupt anfangen soll, denn egal, wie viel ich auch erledige, es ist noch nicht mal eine Nadel im Heuhaufen, die ich bearbeitet habe.

Während ich mich um diese Nadel kümmere, häuft sich schon die nächste an.

Wenn ich jetzt im Moment allein im Büro säße, würde ich anfangen zu weinen, so frustriert bin ich. Es ist einfach nicht fair, was mir hier zugemutet wird. Und dann merke ich, wie meine Wangen nass werden. Ich sehe keinen Ausweg mehr. Die Schmerzen im Nacken und in der Schulter haben monumentale Ausmaße angenommen, so schlimm, dass ich zwei Aspirin nehmen muss, um halbwegs ansprechbar zu sein. Als ich an diesem Abend endlich zu Hause bin, sind aus den Kopfschmerzen regelrechte Schwindelanfälle geworden. Auch nachdem ich geduscht und gegessen habe, geht es mir immer noch nicht besser.

Gern würde ich mich entspannen und erholen nach so einem anstrengenden Tag. Zum Glück habe ich noch genug Kamillentee da.

24. Mai 2006

Blutdruck 150 zu 110, Puls 98. 36°.

Gestern hatte ich wieder eine Sitzung beim Therapeuten. Es lief gar nicht gut. Ich erklärte ihm, wie es mir geht und er wollte wissen, wer meine Großeltern waren. Dann explodierte ich, weil ich von ihm erfahren wollte, was zum Teufel mit mir los ist, aber er meinte nur, wenn er nicht über Adam und Eva Bescheid weiß, kann er mir nicht richtig helfen. Es wäre wichtig, die Vergangenheit zu erforschen, sonst ist die Gegenwart nicht nachvollziehbar.

Nachdem ich ihm erzählte, dass ich mit 3 Jahren meine Oma
(die Mutter meiner Mutter) tot im Bett auffand, schwieg er wie
üblich 10 Minuten lang.

„Könnte das der Grund sein, wieso sie es nicht für nötig halten,
sich ein Bett zu kaufen? Oder überhaupt ihr Schlafzimmer ein-
zurichten?", fragte er mich schließlich.

„Na ja, kann sein. Das und die Tatsache, dass man mich mit im
Alter von 10 Jahren zwang, die andere tote Oma auf ihrem To-
tenbett zu sehen. Das sollte den Abschied von ihr erleichtern",
berichtete ich ihm. Oh je, bloß gut, dass beide Opas schon vor
meiner Geburt weg waren.

Ist ja alles schön und gut, aber was hat das mit mir im Jetzt zu
tun? Wieso habe ich so viel Angst? Das will ich wissen. Aber
darauf reagierte er nicht. Er wollte über mein fehlendes Bett
sprechen. Ich jedoch ganz und gar nicht, deswegen verlief unser
Abschied am gestrigen Abend etwas unterkühlt.

Das war gestern. Bis heute habe ich mich noch nicht beruhigt.
Es ist eigentlich schon Zeit, ins Bett zu gehen, aber ich bin viel
zu aufgeregt. Lieber noch ein bisschen fernsehen. Uhmm, ein
Dokufilm über die Biene. Wenn das nicht beim Einschlafen
hilft, was sonst. Ich lege mich auf das Sofa und schaue mir eben
die ekligen Viecher an. Ich hasse Bienen. Viel zu spät fällt mir
ein, dass ich panische Angst vor Bienen habe. Viel zu spät.

Kapitel 5 – Ich werde verrückt

Ich dachte immer, wenn man einen Herzinfarkt bekommt, ist das mit furchtbaren Schmerzen verbunden. Aber dem ist nicht so.

Bei mir schlägt nur mein Herz anders. So, als ob mein Herzschlag aus dem Rhythmus kommt. Nicht mehr Pumpum, Pumpum, sondern Pumpumpumpumpumpump.

Ich schlage mir mit der Faust auf die Brust und versuche, es wieder in Ordnung zu bringen. Geht nicht. Ich gerate total in Panik und schnappe mir mein Messgerät. Aber das gerät auch in Panik, denn als ich es anlege, gibt es nur komische Geräusche von sich. Irgendwie kann ich immer noch nicht realisieren, dass ich gerade einen Herzinfarkt habe. Bis auf die Tatsache, dass ich keine Luft kriege und mein Herz anders schlägt, geht es mir gut. Ich kann sogar laufen.

Daher renne ich nach draußen und klingle bei Caroline, die eine Minute braucht, bevor sie an die Sprechanlage kommt. Sie hat wahrscheinlich schon geschlafen, die Glückliche.

Als sie dran ist, schreie ich wie eine Verrückte, dass sie einen Krankenwagen rufen soll, weil es mir sehr schlecht geht. Ich muss das noch ein paar Mal wiederholen, bevor sie mich versteht. Aber dann ist es so weit und sie kommt, während sie mit der Notrufzentrale telefoniert, die Treppen runter.

Als sie mich sieht, kriegt sie fast einen Schock. Ich halte mir die Brust ganz fest, weil ich Angst habe, dass mein Herz herausspringt. Sie sagt mir, ich soll mich hinsetzen und erzählen, was los ist.

„Ich weiß es nicht, Caro. Mein Herz ist aus dem Takt geraten und ich kriege es nicht hin, dass es wieder normal schlägt. Ich denke, ich habe gerade einen Herzinfarkt", sage ich, während ich auf der Treppe sitze und mir den Hintern abfriere.

„Quatsch Lisa, wenn du einen Herzinfarkt hättest, dann würdest du nicht hier sitzen und reden können", antwortet mir die Geographiestudentin. Noch bevor ich was entgegnen kann, hören wir beide die Sirene des Krankenwagens ganz in der Nähe, und schon macht Caroline die Haustür auf.

Gerade, als die beiden Sanitäter reinkommen, beruhigt sich mein Herz schlagartig. Ich werde in den Krankenwagen verfrachtet und an viele kleine Kabel angeschlossen. Ach, das kenne ich. Ein EKG. Gut. Vor der Haustür. Noch besser.

Fazit nach Minuten: kein Herzinfarkt, sondern eine Panikattacke. Was für ein Ding, bitte schön?

„Eine Panikattacke, Frau Coctinella. Das ist nichts Schlimmes, das haben viele Menschen heutzutage." Ich bin im Moment sehr benommen und kann noch nicht die Informationen analysieren. Natürlich bin ich froh, dass es mir gut geht, aber was ist eine Panikattacke?

„Sind Sie ganz sicher, dass ich nicht doch einen Herzinfarkt habe und Sie können das einfach nur nicht mehr feststellen?", frage ich ihn, damit er meine letzten Zweifel ausräumen kann. Ich kann mit der Diagnose Panikattacke immer noch nichts anfangen. Ich wusste bis jetzt nicht mal, dass man Panik attackenweise bekommt…

„Nein, Frau Cottinella, Sie haben keinen Herzinfarkt und Sie werden auch keinen bekommen. Sie haben sich einfach aufgeregt. Wenn das nochmals passiert, trinken Sie gleich ein Glas Wasser und versuchen sich zu beruhigen. Das klappt in den meisten Fällen", antwortet der andere Sanitäter, der immer noch steht.

Da für sie die Sache geklärt ist, fangen sie an, alles aufzuräumen und mich nach draußen zu begleiten, obwohl ich gern im Krankenwagen geblieben wäre. Dort drin habe ich mich so sicher gefühlt. Aber nichts da.

Sie bringen mich in meine Wohnung, wo Caroline auf mich wartet. Als wir alle reinkommen, denke ich zuerst an den vielen Dreck, den wir reinschleppen, und wie lange ich das Laminat später deswegen schrubben muss. Ein Sanitäter bereitet ein paar Medikamente für mich vor. Tropfen oder Tabletten?

Was ich haben möchte, werde ich gefragt. Ich will nur allein sein und über alles nachdenken. Aber ich will auch schlafen und doch alles vergessen, was heute Abend passiert ist. Daher entscheide ich mich für die Tropfen. Nachdem auch das erledigt ist, gehen die Sanitäter und ich bleibe mit Caroline allein zurück.

Ich liege auf dem Sofa, weil ich Angst habe, gleich umzukippen (wegen der Tropfen), Caroline lehnt an der Wand und sieht sehr besorgt aus.

„Lisa, du kannst nicht so weitermachen. Seit Monaten schon bist du nicht mehr du selbst. Was ist nur los mit dir?" Ihr Ton ist sehr eindringlich, ihr Gesicht ernst. Ich glaube, ich habe ihr einen großen Schrecken eingejagt.

„Woher soll ich denn das wissen? Meinst du, ich merke nicht, dass irgendwas nicht mit mir stimmt?", antworte ich, obwohl meine Stimme viel zu aggressiv klingt.

„Tut mir leid, du kannst nichts dafür. Die Wahrheit ist, dass ich keine Ahnung habe, was mit mir los ist. Das ist das Problem."

Mein Therapeut hatte irgendwann mal erwähnt, dass ich eine Angsterkrankung habe, aber so ernst genommen habe ich seine Worte nicht. Wieso sollte ich denn Angst haben? Und was soll das Wort Erkrankung bedeuten? Heißt es, ich bin krank vor Angst? Warum?

Als Caroline weg ist, kann ich in Ruhe darüber nachdenken, was ich sonst nie getan habe. Reicht es nicht, eine Therapie zu machen, damit es einem besser geht? Fragen über Fragen, aber um 02:00 Uhr nachts kann ich sowieso keine Antworten bekommen. Also gehe ich schlafen und morgen sofort zum Hausarzt.

25. Mai 2006

Blutdruck 140 zu 110, Puls 98, 36°.

Wow, was waren das für Tropfen? Ich habe lange nicht mehr so gut geschlafen. Muss Caroline fragen, ob sie mitgekriegt hat, was ich da geschluckt habe.

Jetzt erinnere ich mich wieder. Ich hatte eine Panikattacke. Und der Krankenwagen war da. Mensch, wie peinlich. Ich hoffe, dass außer Caroline niemand etwas gemerkt hat. Muss ich heute arbeiten gehen? Ich weiß es nicht. Ich glaube schon. Also rufe ich Chi Mih La an und melde mich krank.

Wie lange, fragt sie mich. Weiß ich doch nicht, aber ein Jahr sollte reichen. Natürlich ist das nicht meine Antwort. Das war nur ein Wunsch. Chi Mih La erkläre ich nur, dass ich erst mal zum Arzt gehen muss.

Was ich auch postwendend tue. Als ich meinem Hausarzt erzähle, was mir gestern Abend passierte, fragt er zuerst, wie ich momentan so lebe. Er fragt nach, ob ich einen Freund habe und wie meine Arbeit so ist. Ich verstehe nicht, was das mit der Panikattacke zu tun hat, beantworte aber seine Frage wahrheitsgemäß: Meine letzte Beziehung hatte ich im vorigen Jahrtausend (oh, so lange her schon?) und meine Arbeit ist zum Kotzen. Sonst wäre bei mir alles in Ordnung.

Was ich auch so meine. Eine Beziehung hatte ich tatsächlich im Jahr 1999 und der „Mann" war nicht mal eine Träne wert, der Idiot. Was die Arbeit angeht, bin ich bestimmt nicht der einzige

Mensch in Deutschland, der mit seinem Arbeitsplatz unzufrieden ist. Der Doktor findet das nicht in Ordnung. Er meint, ich soll mir einen Mann suchen.

Und eine Familie gründen.

Uhmmm, keine schlechte Idee, ich kriege nicht mal mein eigenes Leben geregelt. Können wir jetzt über die Panikattacke reden?

„Dr. Brunnen, ich bin mir nicht sicher, ob der Sanitäter Recht hatte. Ich spürte, wie mein Herz anders schlägt. Es tat nicht weh, ich aber bekam furchtbare Angst. Ach, und ein EKG kriegte ich auch. Hier, ich habe einen Brief für Sie dabei." Ich hole erst mal tief Luft und reiche ihm dann den Umschlag.

Nachdem er den Brief gelesen hat, sieht er mich an.

Jetzt wird es ernst, ich kann ihm das ansehen.

„Frau Cochinellà, alles, was ich hier lesen kann, ist, dass Sie kerngesund sind."

Und fügt hinzu:

„Mit Ihrem Herz ist alles in Ordnung. Da brauchen Sie sich keine Sorgen zu machen." Es geht noch weiter: „Was Sie brauchen, ist eine Auszeit, Frau Cochinellà. Seit Monaten schon kommen Sie fast täglich hierher. Was hat Ihnen Ihr Therapeut geraten?" Ach, ich kann jetzt auch was sagen.

„Mein Therapeut? Was soll er mir denn raten?"

Ich bin überrascht. Dass ein Therapeut auch was vorschlagen kann, ist mir neu.

„Nein. Wieso? Können Sie mir was vorschlagen?"

19. Juni 2006

Diese Panikattacken sind Heimsuchungen. Sie sind die achte Plage, die nicht genannt werden darf. Egal, wo ich bin oder was ich mache: Meine Panikattacken sind immer dabei. Jedes Mal habe ich dabei das Gefühl, ich überlebe es nicht. Die Luft bleibt mir im Hals stecken, ich spüre mein Herz bis in die Zehenspitzen rasen. Mittlerweile habe ich schon alle Krankenhäuser in Frankfurt am Main von innen gesehen. Die Lieblingszeiten meiner Panikattacken sind die Stunden zwischen Mitternacht und 2 Uhr morgens. Dann muss ein Taxi her, um mich in die nächste Notaufnahme zu fahren. Zwei- bis dreimal die Woche. Es ist nämlich der einzige Ort, an dem ich keine Panikattacken kriege und mich entspannt fühle. Sobald ich da bin, lehne ich mich im Sessel zurück und würde sogar schlafen, wenn da nicht die Krankenschwester wäre, die wissen will, was mir fehlt.

Blutdruck 155 zu 105, Puls 110. Wo ist mein Thermometer?
Die Therapiesitzung heute lief nicht gut. Wir stritten uns sozu-
sagen. Ein stilles Streiten, das 45 Minuten andauerte, weil wir
uns die ganze Zeit anschwiegen. Er wollte schon wieder über
meine Mutter reden und ich lieber über meine neuen Brandmale.
Vorgestern bügelte und weil ich das hasse und auch nicht gut
kann, verbrannte ich mir aus Versehen den Daumen. Nicht weiter schlimm, einmal verletzte ich mir beim Bügeln sogar die
Wange. Nach dem Daumen-Vorfall drückte ich mir das Bügelei-
sen auf den Rücken meines Zeigefingers. Ich weiß nicht, warum. Nun habe ich zwei verbrannte Finger. Darüber würde ich
nun wirklich gerne mit dem Doktor reden.
Aber nein, er will über die Eltern meiner Mutter sprechen. Mein
Leben geht gerade den Bach runter und wenn ich es mir überlege, eigentlich schon seit 4 Jahren. Seitdem ich hierherkomme.
Ist bestimmt nur ein Zufall.
Wie stellt er sich das vor? Ich rede über meine Mutter und dann
geht es mir besser? Wann gibt er endlich auf? Wir schweigen.
Ich schaue nochmals auf die Uhr. Ich nehme an, ich kann heute
ein paar Minuten früher gehen. Ich will nur nach Hause.

~~~

Ich kann nicht heim, weil ich zwischen dem 7. und 8. Stockwerk
im Gebäude feststecke. Nicht im Aufzug. Auf der Treppe. Ich
gehe ein paar Schritte nach unten und dann wieder nach oben.

Nach unten, nochmals nach oben. Und nochmals. Ich bin so aufgedreht. Ich schwitze und schnaufe. Nach oben und nach unten. Keine Ahnung, was ich da mache.

Was ist nun wieder los? Mein Kopf. Ich kann meinen Kopf nicht abstellen, er sagt mir ständig, ich muss diese Treppen abermals nach unten. Warum muss ich das?

Ich kriege keine Luft mehr, ich habe Hunger, ich weine.

Jetzt. Jetzt bin ich verrückt geworden.

Knapp eine Stunde muss vergangen sein, da kommt mein Therapeut auf mich zu.

„Frau Coccinella, was machen Sie denn noch hier?" So, als ob er gewohnt wäre, mich so verschwitzt und stöhnend zu sehen.

„Ich schaffe es nicht, runterzulaufen", sage ich und starre die Stufen unter meinen Füßen an. Ganz normale Stufen übrigens.

„Geben Sie mir die Hand. Ich begleite Sie."

Ich gebe mir echt Mühe und versuche, seine Hand zu greifen. Geht nicht. Ich versuche erneut, die Treppen allein zu laufen. So, wie ich es immer getan habe. Nach unten, nochmals nach oben, nach unten, nach oben, bis Dr. Ludolpho einen weiteren Versuch unternimmt:

„Frau Coccinella, hören Sie auf damit. Kommen Sie zu mir. Wir rufen ein Taxi, das Sie nach Hause fährt."

„Ich kann das nicht. Ich schaffe es nicht, damit aufzuhören."

Was will der Typ überhaupt noch für Beweise, dass ich krank bin? Eine Skizze? Eine Urkunde vom Anwalt?

„Ich kann nicht mehr."

Und schon kann ich die Tränen nicht mehr zurückhalten.

„Frau Coccinella, wenn Sie nicht gleich runterkommen, muss

ich Sie einliefern lassen. Kommen Sie sofort zu mir."

Der Schock über seine Worte muss mir ins Gesicht geschrieben sein. Er meint das wirklich ernst.

Und es funktioniert. Ich werde ruhig und gehe zu ihm. Gemeinsam schaffen wir es nach draußen.

Nachdem er mir ein Taxi bestellt hat, sieht er zu mir rüber:

"Ich rufe Sie morgen an. Wir werden uns über das unterhalten, was gerade passiert ist und wie es weitergeht. In Ordnung?"

„Okay."

Daheim angekommen, bin ich so müde, wie wenn ich seit 10 Tagen kein Auge mehr zugemacht hätte. Ich will nur schlafen. Zum Glück muss ich nichts mehr bügeln.

21. August 2006

Gerät kaputt. Mit Hammer zerschlagen.

Ich kann es nicht abstellen. Mein Gehirn. Ich will es heraus-
nehmen und herausfinden, wieso es nicht richtig funktioniert.
Oder gleich ein neues kaufen.

Sofort mit diesem Unsinn aufhören! Was macht es für einen
Unterschied, wie ich das Glas abstelle: Links, rechts, links,
rechts … Ich will doch bloß nur ein bisschen Wasser trinken.
Lass mich in Ruhe. Licht ausmachen. Lass mich bitte das Licht
ausmachen. Ein, aus, ein, aus. Lass mich schlafen. Und vergessen. Diesen Tag, diesen Monat, dieses Leben.

Kapitel 6 – Ich bin verrückt

18. Oktober 2006

Mein Therapeut will, dass ich in eine Klinik gehe.
Sicher! Nichts einfacher als das. Ich schaffe es zwar nicht mal in
die U-Bahn, aber eine Zugfahrt nach Bad Sowieso kriege ich
hin. Am Anfang dieser neuen Qual versuchte ich noch, mit der
U-Bahn zu fahren. Für 200 m bis zur Haltestelle brauchte ich
knapp 2 Stunden. Hin- und zurücklaufen. Nein, wieder zurück.
Bin nicht richtig gelaufen. Ich muss richtig laufen. Warum? Ich
kann schon seit Jahren laufen. Ich weiß auch, wie Duschen geht.
Ich muss das nicht fünfmal hintereinander machen, um es zu
lernen. Alles falsch, falsch, falsch. Nochmals duschen, nochmals
laufen.
Ich muss es endlich richtig machen.

11. Dezember 2006

Als ich an diesem Morgen die Augen aufmache, ist alles grau. Obwohl der Himmel tatsächlich grau ist und ich das auch sofort sehen kann (wenn man gerade keine Gardinen hat). Aber es liegt nicht am Himmel. Vielmehr wurde ich selbst über Nacht grau. Ich bin die Farbe Grau. Ich habe keine Lust aufzustehen, Hunger gleich null, nicht mal auf meine erste Tasse Kaffee. Der Gedanke, die Zwänge von gestern und vorgestern zu wiederholen, ist auch kein Grund aufzustehen. Ich will nichts mehr, ich will einfach hier liegen, kraftlos, lustlos und grau.

Wenn ich im Bett bleibe, kann ich nicht viel Unsinn anstellen, wie mein Therapeut die Zwänge nennt.

Ich könnte zwar mit der Decke spielen: Decke ab, Decke auf den Boden, Decke weg, aber nichts passiert. Ich bleibe weiter regungslos im Bett und schlafe wieder ein.

Während ich schlafe, kann ich nichts spüren. Keine Angst, keine Panik. Als ich aufwache, kann ich mich immer noch nicht bewegen.

So, als ob ich über Nacht geheilt worden wäre.

Am Nachmittag, ich liege schon seit Stunden auf dem Sofa, überlege ich, ob ich Depressionen bekomme. Oder bin ich einfach nur schrecklich deprimiert? Als ob ich nicht genug mitzuschleppen hätte: Angst, Panik, Zwänge. Sicher ist morgen alles wieder in Ordnung. Das Letzte, was ich heute gebrauchen kann, ist ein erneuter Gang zum Arzt. Wenn es nicht besser wird, so in einer Woche, dann ja. Bis dahin schaue ich mal ins Internet, was auf mich zukommt, sollte ich wirklich depressiv sein. Alles deprimierend, was man über diese Depression liest. So deprimierend, dass ich anfange zu weinen. Ich schaffe es nicht mehr alleine, ich bin die größte Versagerin dieser Welt. Zu nichts zu gebrauchen. Und noch mehr Tränen.

Je länger ich über mich nachdenke, umso mehr Tränen fließen. Keine Ahnung, wie lange das so geht. Als ich neue Taschentücher brauche, sehe ich mich kurz im Badezimmer-Spiegel. Mein Gesicht sieht aus wie eine gekochte Garnele. Wann habe ich mir das letzte Mal die Haare gewaschen?

Meine Hose rutscht zu Boden, da ich durch die ganze Lauferei ein bisschen abgenommen habe. Wo ich schon dabei bin, kann ich mich auch mal wieder wiegen.

Über ein paar Kilos weniger freue ich mich sicherlich, depressiv hin oder her.

Hui, ein paar ist gut. Ich habe fast 7 kg abgenommen. Kann nicht sein. Und noch mal ein Blick in den Spiegel. Doppelt hui, ich sehe einfach nur schei ... ehmmm schrecklich aus.

Ich war nie besonders eitel, aber so ein Gesicht kann ich nicht zeigen. Die Augenbrauen erst. Habe ich vergessen, sie zu zupfen? Wenn das alles kein Grund ist, weiterzuheulen. So geht es, bis ich wieder schlafen gehe. Obwohl ich heute nichts tat, außer zu weinen, bin ich unendlich müde. Aber morgen ist ein neuer Tag. Morgen werde ich bestimmt wieder Hunger haben, oder Durst. Habe ich gestern wirklich den ganzen Tag nur ein Vollkornbrötchen gegessen? Seit wann geht das so?

Egal, morgen wird alles wieder gut.

Und wenn nicht? Ist mir jetzt auch egal.

12. Dezember 2006

Ich muss gestehen, dass ich die kleine Hoffnung gehegt hatte,
heute würde ich mich besser fühlen.
Vielleicht war gestern einfach ein schlechter Tag, etwas
schlimmer als die letzten 300 Tage. Wenigstens geht es mir
nicht schlechter als gestern. Dafür sollte ich dankbar sein. Es
geht mir nur so schlecht wie gestern. Also fange ich schon wieder an zu weinen. Und schaue nach draußen, wo der Himmel
genau so grau wie gestern ist. Kein Hunger, keine Lust, irgendwas zu machen. Ein Stein liegt mir im Magen, so groß, dass ich
mich nicht bewegen kann.

Nichts hat sich geändert. Dr. Brunnen hat mir kleine gelbe Pillen verschrieben – gegen Depressionen. Ich wiederhole: gegen Depressionen. Nicht dafür. Deswegen verstehe ich nicht, wieso es mir schlechter geht. Mittlerweile habe ich mir 8 von 10 Fingern verbrannt. Und weitere 8 Kilo abgenommen. Wenn ich auf den verrückten Gedanken komme, nach draußen zu gehen, brauche ich knapp 4 Stunden, um bei der Arbeit zu sein. Sogar wenn ich mit einem Taxi fahre.

Nein, fahren Sie zurück, ich habe zu Hause was vergessen, nein, nicht hier abbiegen. Bitte, ich muss wieder nach Hause. Wen ich dann nach fast 40 € ankomme, geht es mit Weinen weiter, nur wenn ich mein Laptop anmache. Wenn ich wieder heimfahre und was essen will, muss ich es wieder ausspucken. Wie eklig. Oh doch, es gibt was Neues.

Ich habe angefangen, Müll zu sammeln. Unter dem Waschbecken sind ungefähr 1.000 Duschgelflaschen versteckt. Alte Zeitungen stapeln sich. Leider klappt das Wegwerfen nicht so gut, also behalte ich alles in der Wohnung.

15. Januar 2007

Es ist ein Wunder, dass ich noch lebe. Einen Grund dazu habe
ich eigentlich nicht. Dr. Brunnen hat mich für die nächsten 6
Wochen krankgeschrieben.
Ich glaube, ich verliere mich und kann mich nie wieder finden.
Wo bin ich?

07. Februar 2007

Es ist an der Zeit, meinem Vater Bescheid zu geben. Ich möchte
ihn nicht mehr anschwindeln, dass bei mir alles okay ist. Ich
muss ihm endlich die Wahrheit sagen.
~~~

Das Gespräch mit meinem Vater ist das längste, das wir seit 10 Jahren miteinander geführt haben.

Zwischen Tränen und Schreien stelle ich ihn vor vollendete Tatsachen. Ich schreie nicht, weil er so alt ist und mich nicht hören kann. Aus mir sprechen 10 Jahre unterdrückte Wut, Ärger und Enttäuschung. Ich wollte mit ihm über die Gegenwart reden, aber aus mir platzt die Vergangenheit raus.

~~~

Das kleine Mädchen von damals erzählt, dass sie gezwungen war, mit einer verrückten Mutter zu leben. Um dann ganz normal zur Schule zu gehen. Kochen und putzen. Schwester baden. Hausaufgaben machen. Nachts Angst haben, von der verrückten Mutter umgebracht zu werden. Weil sie das wirklich so sagte: „Ich bringe dich um. Du bist wie dein Vater."

Und wo warst du? Du hast mich mit ihr allein gelassen und du hast gewusst, wie krank sie war.

Ich wachte eines Morgens auf und meine Mutter war weg. Die Frau, die zurückblieb, war nicht meine Mutter. Sie sah nur so aus. Wo war meine Mutter?

Wieso weinte sie den ganzen Tag? Was hatte sie denn? Sie stand nicht mehr auf. Wieso hast du ihr nicht geholfen? Wieso hast du mir nicht geholfen? Du hast gesehen, was sie mir antat. Sie brach mir die Finger, weil sie mir die Hand mit ihren Füßen zerquetschte.

Willst du dich wieder davor drücken? Diesmal kommst du mir nicht so einfach davon.

〰〰

Hoppla, was war denn das eben? So habe ich mit meinem Vater nie geredet. Ich würde mich gern schuldig fühlen, bin doch ein katholisches Mädchen. Aber alles, was ich fühle, ist Erleichterung. Ich wollte das alles nicht, aber wenn er wissen will, wie es mir geht, bitte schön, kannst du haben. Ich habe es nur satt, alles besser darzustellen, als es ist. War echt keine Absicht.

Ich wollte nicht, dass er sich Vorwürfe macht. Was ich jetzt brauche, ist seine Hilfe.

Als ich ihm von meinen verbrannten Fingern erzähle, fängt er an zu weinen. Das kann ja heiter werden. Mein Vater will nach Deutschland kommen. Was habe ich bloß angerichtet? Er war noch nie weg aus Italien und ist zudem nicht mehr der Jüngste. Dann habe ich ihn auf dem Gewissen. Und muss weitere 10 Jahre Therapie machen. Daher versuche ich, meinem Vater die Idee auszureden. Weil ich nicht will, dass er krank wird. Nicht, weil ich keine Lust auf die Therapie habe.

Es geht alles viel zu schnell und ich bin nicht darauf vorbereitet, meinen Vater zu sehen nach fast 4 Jahren. Ich verkrafte das im Moment bestimmt nicht. Für den Anfang telefonieren wir jetzt erst einmal jeden Tag miteinander. Dann sehen wir weiter.

5. März 2007

Nach der Therapiestunde suche ich mir einen Kaffee aus, um in
Ruhe über das Gesagte nachzudenken. Viele Möglichkeiten
habe ich nicht. Ich darf zwischen einem Aufenthalt in einer
psychosomatischen Klinik oder, wie bisher" wählen. Was bin
ich doch für ein Glückspilz. Mein Kopf gönnt mir mittlerweile
keine Sekunde Ruhe. Diese Zwänge haben es echt in sich. Meine Hände sind so übersät mit Brandwunden, dass kein Platz
mehr da ist, falls ich Lust auf frische Verbrennungen habe.
Arbeiten ist bald kein Thema mehr, wenn es noch lange so weitergeht.

Gestern brauchte ich Stunden, bis ich zufrieden war, wie ich die
Haustür abgeschlossen hatte. Um sicher zu sein, dass ich heute
pünktlich bei der Therapie erscheine, fing ich schon um 12:00
Uhr an, mich fertig zu machen. Der Termin war um 17:00 Uhr.
Ich schaffte es gerade so, nur 5 Minuten Verspätung zu haben.
Gegessen hatte ich auch nichts.

Ich fahre am Besten gleich nach Hause. Wer weiß, wie lange es
heute Abend dauert, bis ich da bin.

~~~

Ich bleibe den ganzen Abend auf dem Sofa liegen und schlage mich mit meiner linken Hand ins Gesicht. Mein Therapeut liegt falsch. Es gibt eine dritte Möglichkeit. Sterben. Tot hätte ich bestimmt endlich meine Ruhe. Ich bin sowieso nicht mehr ich selbst. So weiterleben, das will ich nicht. Ich bin allein, habe keine Kinder, die traurig wären: die perfekte Kandidatin also für Selbstmord. Aber dann muss ich an meinen Vater denken. Er würde das nicht überleben. Während ich einschlafe, denke ich an schnelle ICEs, Hochhäuser …

Ich vegetiere nur noch. Die Personalabteilung hat angerufen. Man bittet mich zu einem Gespräch. Wann kann ich vorbeikommen? Ich melde mich wieder, Annabelle. Im Moment geht das gar nicht. Sobald es mir besser geht, melde ich mich, versprochen.

Ich gehe nur noch einkaufen. Dafür brauche ich fast den ganzen Tag, obwohl der Laden um die Ecke ist. Es ist schrecklich, aber ich zwinge mich dazu, jeden Tag dahinzulaufen. Der tägliche Einkauf ist der letzte Kontakt mir der Welt. Wenn das auch wegfällt, bin ich sicher, ist es aus mit mir. Ist das ein gutes Zeichen? Will ich doch nicht sterben? Alles ist weg. Einkaufen ist das Einzige, was ich noch schaffe. Mein Therapeut ruft an, um zu fragen, ob ich doch in die Klinik gehen möchte.

Keine Ahnung, wie er mich dazu bringen will, in einen Zug einzusteigen. Ich kann es mir nur unter Vollnarkose vorstellen. Er findet diese Idee nicht witzig. Ich glaube, er hat absolut keine Ahnung, wie es mir geht. Mein Vater ruft auch an, um sich nach meinem Befinden zu erkundigen. Ich lebe noch. Allein der Gedanke, einen Abschiedsbrief zu schreiben. Nein, nein. Ich kann ihm das nicht antun. Ich überlebe das irgendwie schon. Aber wofür eigentlich? Mein Leben macht absolut keinen Sinn. Ich mache morgens die Augen auf und habe sogar davor Angst. Wie konnte es nur so weit kommen?

Kann man das Leben nennen, wenn man nur noch Einkaufen geht? Und wenn es für immer so bleibt? Unmöglich. Ich will es mir nicht mal vorstellen.

27. März 2007

Das Internet wurde bestimmt für Leute erfunden, die es nicht mehr aus dem Haus schaffen. Kannst du nicht mehr die Haustür zumachen oder sind die Treppen ein Problem geworden? Bis zum Geschäft laufen Sie nicht gern?

Kein Problem, bestelle einfach alles im Internet!

Super, habe gerade ein Bett für das Schlafzimmer gekauft – und für meinen Vater, sollte es wirklich so weit kommen, dass er mich in Deutschland besucht.

01. April 2007

Wenn der Therapeut meint, dass ein Aufenthalt in der Klinik
mir nur gut tun kann, dann versuche ich es eben. Nicht, dass es
sonst heißt, ich wäre nicht kooperativ gewesen. Auf dem Sofa
liegen und verrückt werden kann ich auch später. Es eilt nicht.
Ich will bloß wieder normal werden oder zumindest so, wie ich
früher war. Allein habe ich es nicht gepackt, bin jetzt ja auch
bereit, es zuzugeben.

15. April 2007

Meine nette Rentenversicherung hat gnädigerweise gestattet –
da ich zu jung für die Frührente bin –, dass ich 6 Wochen in die
Psychoklinik darf. Für meine Firma ist das natürlich ein Ding
der Unmöglichkeit. Was denke ich mir nur dabei, weitere 6
Wochen von der Arbeit fernzubleiben? Der Firma geht es nicht
gut (na dann sind wir schon zur zweit), wir alle müssen an einem Strang ziehen und alles Menschenmögliche (super, ich
komme dafür nicht in Frage) tun, um eine Katastrophe zu vermeiden (und was ist mit meiner Katastrophe?).

Es ist wirklich schwer zu verstehen, warum es der Firma so
wichtig ist, wo ich die nächsten 6 Wochen bin: ob Sofa oder
Klinik – krank bin ich sowieso. Ich hatte schon überlegt, für
Annabelle eine Skizze zu zeichnen. Aber nachdem ich ihr meine
Erstgeborene zugesichert hatte, ist das nicht mehr nötig.

Am 8. Mai es so weit.

Bald geht es mir wieder gut.

Es muss.

08. Mai 2007

Wie ich es schaffte, in den Zug zu steigen, um mich auf den
Weg zur Klinik zu machen, wird auf ewig ein Rätsel bleiben.
Jeder Sekunde erwarte ich einen Herzinfarkt, obwohl ich zur
Sicherheit am Freitag ein EKG bekam. Dr. Brunnen hat mir ab
sofort ein Limit von 2 EKGs pro Jahr gegeben.
Er meinte, nach 100 EKGs wäre das Standard. Mhmm.
Neben Herzinfarkt und Zugunglück ist meine neueste Angst ein
Terroranschlag auf diese alte Regionalbahn, mit der ich fahre …
Am liebsten würde ich meinen Hammer aus der Tasche holen
und mir damit auf den Kopf schlagen. Aufhören, bitte aufhören.
~~~

Endlich bin ich in Bad Sowieso angekommen. Der Himmel ist grau, der Bahnhof dunkelgrau und meine Stimmung irgendein Grau dazwischen. Ich will schon jetzt wieder nach Hause.

Der Taxifahrer kennt die Richtung im Schlaf. Muss wohl nicht viel los sein hier. In nicht mal 5 Minuten sind wir da.

Die Eingangsfassade ist in hellem Grau gestrichen und als die gläsernen Türen aufgehen, weht mir Eau de Chlor entgegen.

Das Schwimmbad muss wirklich groß sein. Ich liebe schwimmen.

Ich habe trotzdem das Gefühl, dass mein Herz gleich explodiert, und das bleibt der netten Frau an der Rezeption nicht verborgen.

Ich muss mich nur kurz gedulden. So schnell es geht, werde ich medizinisch untersucht, EKG im Preis enthalten.

Mein Betreuer ist wirklich supernett. Ach nein, der war nur für den Stundenplan (Gruppentherapie) zuständig. Noch ein Betreuer und noch ein Stundenplan (Einzeltherapie). Danach ein Stundenplan für Basteltherapie, Maltherapie, Schwimmtherapie … ich kann mir nichts mehr merken. Ich lasse alles auf mein Bett fallen. Entweder schlafen die Pläne darauf oder ich. Für beides ist nicht genug Platz. Sogar um meine Füße mache ich mir Sorgen.

Die Zelle ist 6 qm groß und es handelt sich um eine Doppelzelle, damit ich mir nicht verloren vorkomme. Was vom mittelgrauen Teppich übrig geblieben ist, hat man zusätzlich noch für die Betten verwendet. Damit ist es praktisch unmöglich, sich unterm Bett zu verstecken, wozu ich jetzt große Lust hätte.

Mir gefällt das hier nicht.

Meine Zimmergenossin ist seit 4 Monaten hier und hat immer noch Selbstmordgedanken. Sie will nicht mehr leben. Und ich habe noch nicht mal ausgepackt.

Wache, ich will sofort ein neues Zimmer haben!!!

Ich mache mich auf die Suche nach irgendjemand, mit dem ich mich über meinen Aufenthalt hier unterhalten kann.

Die Flure sind mit einem wunderschön blaugrauen Teppich verkleidet, während der gelbgraue Putz von den Wänden abblättert.

Auf dem Weg treffe ich ein paar Mädchen, die ganz gut auf eine Modenschau passen würden. Ob es sich vielleicht doch schon um Frauen handelt, bin ich auch nicht sicher, denn ich kann weder Kurven noch Brüste erkennen. Im Gespräch wird mir klar, dass ich in der Magersüchtigenabteilung gelandet bin. Die Mädchen sind seit über 6 Monaten hier und noch in Therapie.

Es wird mir zu viel. So viele Menschen leiden hier, so schreckliche Schicksale … ich halte das nicht aus. Das hier … ist nicht das Richtige für mich.

Nach dem Mittagessen (Rote-Bete-Ragout, nur angestarrt, war echt fasziniert davon) gehe ich wieder in mein Zimmer und hole mein Handy raus. Meine Zimmergenossin sitzt vor dem vergitterten Fenster, schaut abwechselnd nach draußen und auf ein Foto in ihrer Hand, sie weint lautlos.

Im Flur rufe ich meinen Therapeuten an. Der Anrufbeantworter piept. Auch gut.

„Guten Tag Herr Ludolpho, Frau Coccinella hier. Ich bin seit 5 Stunden in der Klinik und ich wollte Ihnen schon seit langem etwas sagen. Als Therapeut taugen Sie nichts. Sie gehören hierher, nicht ich. Ob Sie einfach unfähig sind oder nur überfordert, das weiß ich nicht. Ich lasse mich nicht abschieben. Sie brauchen sich nie wieder bei mir zu melden."

Ich lege auf und mache mich auf den Weg zur Rezeption. Ich lasse nicht mit mir reden. Einfach weg hier.

Keine Ahnung, ob das ein großer Fehler ist, aber was soll's. Ein Fehler mehr oder weniger, wer zählt das schon.

Ich stehe wieder am Bahnhof und warte auf einen Zug nach Frankfurt. Wie wütend ich bin, lässt sich nicht messen.

Ich bin auf meine Eltern wütend, auf meinen Therapeuten, auf mein Leben und wieso Gott mir bei der Geburt so schlechte Karten verteilt hat. Ich bin derart wütend, dass nichts mehr grau ist, ich sehe jetzt nur noch eine Farbe: Rot.

Ich bin nun auf mich allein gestellt und es ist endlich an der Zeit, ein ernstes Wort mit mir zu reden.

Was will ich? Ich allein entscheide jetzt.

Sterben? Bitte schön Lisa, hier hättest du die Möglichkeit.

Züge ohne Ende, ICEs, so weit das Auge reicht.

Will ich sterben? Will ich wirklich jetzt sterben?

Stille. An nichts anderes denken. Augen zu, tief einatmen.

Die Antwort kommt schnell und so heftig aus mir heraus, dass ich mich nicht irren kann.

Nein. Ich will nicht sterben.

Ich will wieder leben. Aber nicht so. Ich will ohne Panikattacken, ohne Zwänge, ohne graue Wolke über meinem Kopf leben.

Und endlich frei sein.

An diesem grauen Bahnhof, unter diesem grauen Himmel, spüre

ich zum ersten Mal die Zuversicht, dass ich es schaffen kann.

Alles oder nichts. Eine andere Möglichkeit gibt es nicht.

Ich werde keine Panikattacken mehr haben, keine Zwänge, keine Depressionen. Keine halben Sachen.

Die Zeit ist gekommen, mir zu beweisen, aus welchem Holz ich geschnitzt (oder heißt das geschnitten? Egal, ich weiß, was ich meine) bin.

Ich bin Scarlett O'Hara und werde nie wieder verrückt werden.

Ich werde auch nie wieder hungern, weil ich mein Essen nun immer brav im Mund behalte.

So. Chaka.

15. Juni 2007

Also gut, das Internet wurde nicht nur für Leute erfunden, die
sich nicht mehr aus dem Haus trauen. Nein, man kann dort auch
viele nützliche Informationen sammeln, um es wieder nach
draußen zu schaffen.

Zusammengerechnet verbrachte ich ungefähr eine volle Woche
im Wu Wu Wu. So heißt das Internet auf Italienisch. Ich fand
das heraus, als ich meinem Vater erklären wollte, was ich gerade mache. Mein Papa weiß Bescheid, was Internet ist.

Ah, du warst im Wu Wu Wu?

Ich muss immer zusammenzucken, wenn er das sagt.

~~~

Wenn es um Panikattacken und meine anderen Freunde geht, hat anscheinend jeder Mensch auf der Welt ein Rezept, um wieder gesund zu werden.

Ob homöopathische Tropfen oder Bachblüten, Heilsteine, Amulette, Kartenleger, Hypnosetherapie, ein paar Astrologen (!!!) … Mhm. Irgendwie glaube ich nicht, dass mich so was weiterbringt.

Ich schreibe eine Liste über die Dinge, die ich ändern will.

Und zwar so schnell wie möglich; nicht, dass ich womöglich vergesse, welche Probleme ich habe …

Keine Panikattacken, keine Zwänge, keine Depressionen.

Bei Amazon gebe ich knapp 50 € für Bücher aus.

Über Panikattacken, über Zwänge, über Depressionen.

~~~

Ist total witzig, ein Buch über Zwänge zu lesen, wenn man ständig die Seiten hin und her umblättern muss, weil man gerade vom Umblätterzwang befallen wird. Eine Seite weiter, eine Seite zurück, eine Seite weiter, eine Seite zurück. Wirklich sehr amüsant.

Aber ich ertrage es.

~~~

Diese Wut ist echt gut. Ich muss es schaffen, so lange wie möglich wütend zu bleiben.

Nicht, dass ich mich dafür im Moment besonders anstrengen müsste.

Ich schreibe es trotzdem auf. Groß, rot, mit einer Wolke drum herum, damit es hübscher aussieht: ICH BIN WÜTEND!!!

Und klebe es an die Wand neben dem Fernseher.

Kapitel 7 – Mein Vater, der Zwängeflüsterer

19. Juni 2007

Mein Vater lässt nicht mit sich reden. Egal, was ich sage, ich
kann ihn nicht davon abbringen, nach Deutschland zu fahren.
Ich kann nichts anderes tun, als mich zu fügen. Mein Vater
kommt nach Frankfurt, um mir zu helfen. Hilfe!!!
Habe noch ein paar Wochen, um mich darauf vorzubereiten.
In der Zwischenzeit arbeite ich einen Schlachtplan aus: „Ich-
werde-ganz-schnell-wieder-gesund."

Selbst wenn mein Vater nach Deutschland kommt, um mir zu
helfen, gibt es einen Haken dabei. Da ich ihn abholen werde,
muss ich um 4 Uhr aufstehen. Furchtbar!!! Wenn ich die Zwänge richtig einplane, schaffe ich es, um 6 Uhr dort zu sein.
Natürlich gehe ich nicht allein hin. Wie ich schon oft betonte,
ich bin nicht verrückt, ich benehme mich nur so. Eine Frau
allein um diese Uhrzeit am Hauptbahnhof?
Ich mag gar nicht daran denken, was passiert, wenn ich nicht
pünktlich dort bin und mein Vater da ganz allein warten muss.
Ich bat Caroline, mich zum Bahnhof zu begleiten. Sie wiederum
fragte ihren Schwager, ob er ihr sein Auto leihen könnte. Der
Schwager musste dann noch bei seiner Frau fragen, ob sie dann
später zur Arbeit fährt ... so schaffe ich es, auch das Leben
anderer Menschen (die ich noch nie gesehen habe) durcheinan-
derzubringen. Caroline weiß von meinen Panikattacken, aber
meine Zwänge halte ich noch so gut es geht vor meinen Mit-
menschen verborgen.
Irgendwie finde ich die nicht so gesellschaftsfähig ... ich würde
mich in Grund und Boden schämen, wenn meine nette Nachba-
rin mitbekommt, was für einen Unsinn ich so treibe.
Bei meinem Vater ist das natürlich anders. Er wird bei mir woh-
nen und ich kann nicht hoffen, dass die Zwänge mal in Urlaub
fahren.
Gestern Abend hatte ich einen furchtbaren Ich-will-nicht-nach-
Hause-Zwang. Knapp 4 Stunden pendelte ich zwischen U-Bahn-
Haltestelle und Haustür. Hin und zurück, hin und zurück, hin

und zurück, bis zur Haustür und dann wieder zur U-Bahn-Haltestelle.

Es war mir so heiß, und ich schwitze wie in der Sauna. Dann verlor ich einen Absatz, weil meine Schuhe nicht für Marathonlaufen gedacht waren (obwohl ganz schön teuer). Also humpelte ich hin und her. Dabei musste ich die ganze Zeit meine Hosen daran hindern, zu Boden zu rutschen. Nahm allein gestern Abend 2 Kilo buchstäblich auf dem Asphalt ab.

Wieso? Wieso kann ich nicht einfach damit aufhören?

Ich musste unentwegt nur daran denken, dass, wenn ich diese 100 m nicht richtig laufe, irgendwas Schreckliches geschieht. Da mein Vater schon im Zug saß, wollte ich deswegen unbedingt richtig laufen.

Ist doch logisch, dass es dann meine Schuld gewesen wäre, wäre ihm etwas passiert. Gegen Mitternacht schaffte ich es endlich, in meine Wohnung zu kommen.

Ich ging unter die Dusche und kam gegen 2 Uhr wieder raus. Nach ein paar Aufräumarbeiten (mein Vater soll nicht denken, dass ich keine gute Hausfrau bin, wie peinlich wäre das denn?) machte ich mich auf den Weg, um ihn abzuholen.

~~~

Mein Vater nannte mir die falsche Uhrzeit. Er kommt erst um 7 Uhr an. Von diesem Mann soll ich mir helfen lassen? Am besten liefere ich mich freiwillig in die Psychiatrie ein, sobald ich meinen Erzeuger in einen Zug Richtung Italien verfrachtet habe.

Gut, dass wir beide wenigstens nicht mehr allein am Bahnhof sind. Langsam kommt Leben hier auf. Leider keine Wärme.

Im Sommer verweile ich oft am Bahnhof, wenn es draußen zu warm wird, wegen dem Gefriereffekt, und trinke einen heißen Kakao.

Leider haben weder Caroline noch ich Geld dabei, weil wir eigentlich nicht so lange bleiben wollten. Um uns warmzuhalten, könnten wir eine Runde draußen laufen, da es dort wesentlich wärmer ist. Ich sehe mich schon im besten Zwängezustand auf der Kaiserstraße umherwandern. Was wohl die Zuhälter denken würden? Dass ich gerne dort arbeiten will, aber noch nicht sicher bin?

~~~

Der Zug kommt. Natürlich sitzt mein Vater im letzten Wagen, fast in Offenbach also. Aber was soll's. Hauptsache, er ist da. Jawohl, da sehe ich ihn schon. Und hier stehen wir jetzt: Vater und Tochter haben sich seit Jahren nicht gesehen. Tochter ist krank. Vater ist zu ihr geeilt, um zu helfen. Vater und Tochter endlich wieder vereint. Ach, was Shakespeare daraus machen könnte ... aber hier handelt es sich ja nur um meine Familie. Als mein Vater vor mir steht, sagt er:

„Hallo Lisa ... du hast aber Falten bekommen. Wo kann man hier einen Espresso trinken?" Und da wundere ich mich, dass ich so gut wie verrückt bin.

Caroline hat, glaube ich, auch mit mehr Herzlichkeit gerechnet. Wir fahren nach Hause. Ich bedanke mich bei Caroline und gehe mit meinem Vater zum ersten Mal in meine Wohnung.

Ich habe noch nicht mal die Taschen auf den Boden gestellt, da geht es schon weiter.

„Deine Wohnung ist aber klein!! Zum Glück hast du nicht viele Möbel hier. Wie? Du hast kein italienisches Fernsehen? Was machen wir heute? Wo hast du die Kaffeemaschine?"

Mit der Entschuldigung, dass ich noch nicht geschlafen habe und dass er als alter Mann sicher müde von der Reise ist, zeige ich ihm noch, wo das Bett steht und lege mich wieder auf die Couch, in der Hoffnung, für zwei Wochen ins Koma zu fallen und ohne bleibende Schäden wieder aufzuwachen.

Nach 10 Sekunden ertönt ein solcher Lärm vor den Fenstern, als ob der dritte Weltkrieg im Garten stattfindet. Verdammter Rasenmäher. Muss das heute sein? Ich bin so gereizt, so übermüdet, so einfach angekotzt, dass ich es an jemandem auslassen muss. Am besten gleich an den Leuten da draußen, die so einen Krach für 5 Quadratmeter Garten veranstalten.

Wie im Rausch mache ich ein Fenster auf und schreie wie vom Teufel besessen: "Ihr schrecklichen Menschen. Ihr seid so böse. Ich will nur ein bisschen schlafen! Bitte!!!"

So, denen habe ich es jetzt gegeben ...

Zu spät merke ich, dass die Arbeiter Kopfhörer tragen, sicher wegen dem Lärm. Niemand reagiert, niemand hört mich.

Mensch, bin ich jetzt sauer, ich kann es selbst kaum fassen. Ich verlange doch nicht viel: nur Schlaf.

Wie von selbst geführt, schlägt meine rechte Hand gegen mein Gesicht. Ich schlage nochmals zu. Als später mein Gesicht wegen der Schläge und der Tränen schon angeschwollen ist, schlage ich mit der Faust weiter. Irgendwann schlafe ich endlich ein.

Bis mein Vater ins Wohnzimmer kommt und mich weckt.

Ich hole mein Handy aus der Versenkung und schaue auf die Uhr: noch nicht mal 10. Jetzt ist es offiziell: Ich hasse meinen Vater.

06. Juli 2007

Wir sollen gleich mit der Therapie anfangen. Ich soll nicht so
spät aufstehen. Los Lisa, aufstehen. Wo ist die Moccamaschine?
Lisa, wie lange bleibst du unter der Dusche? Verschwende kein
Wasser. Lisa, wie lange musst du noch bügeln? Wie oft putzt du
dir die Zähne? Lisa, was ist mit deinem Finger passiert? Hast du
dich verbrannt?
Hauptsache wütend bleiben, das ist wichtig.
UND ICH BIN IMMER NOCH SEHR, SEHR WÜTEND!!!

14. Juli 2007

Heute geht der erste Teil meines Schlachtplans in Betrieb.

Ich lerne meinen neuen Therapeuten kennen. Ich war auf der Suche nach einem Verhaltenstherapeuten, der einfach und schnell zu erreichen ist, damit ich nicht bei Tageseinbruch losmarschieren muss, um bei einer Sitzung pünktlich zu sein. Da meine Krankenkasse mir eine Liste aller Therapeuten in Frankfurt am Main geschickt hat, habe ich mir einen ausgesucht, der nur 6 U-Bahn-Haltestellen entfernt seine Praxis hat.

Es sollte sogar für mich möglich sein, in 3 Stunden dort anzukommen. Alles in allem wäre ich also knapp 8 Stunden unterwegs für 50 Minuten Verhaltenstherapie. Egal, ich muss da jetzt durch.

Mein Vater kommt mit. Er war erstaunlicherweise sehr ruhig die ganze Woche. Wir sind täglich einkaufen gegangen.

Was er darüber denkt, wenn ich meinen Zwängen nachgehe, weiß nur er allein. Wir reden kaum miteinander.

~~~

126

Genauso viel, wie wir in den letzten 10 Jahren am Telefon rede-
ten: jeden Sonntag die pflichtbewussten 10 Minuten.

Dabei war ich als Kind ein totales Papakind. Ich wusste mit
absoluter Sicherheit, dass mein Vater mich lieb hat.

Aber als ich nach Deutschland kam, kaufte ich in den ersten
Wochen viele Postkarten von Frankfurt und schickte sie in regelmäßigen Abständen ab, alle mit demselben Satz:

„Mir geht es gut. Bis bald, Lisa.“

In 10 Jahren fuhr ich nur viermal nach Italien und war insgesamt nur 10 Tage dort.

Jetzt ist er da und ich habe keine Ahnung, was ich mit ihm anfangen soll. Bis auf die Tatsache, dass er hierhergekommen ist,
um mir zu helfen. Er hat alles liegen lassen und ist jetzt bei mir.

2. August 2007

Weiter geht's mit dem Schlachtplan …

Viel interessanter als die Praxis des Therapeuten ist das Wartezimmer. Das teilt er sich mit 2 weiteren Ärzten, aber nur an
einem

davon bin ich interessiert.

Erst nach 2 Wochen, oder 4 Sitzungen, finde ich den Mut, mich
ins Wartezimmer zu setzen. Weil ich so müde bin.

Ich gehe rein, weil ich wissen will, was sind das für Menschen,
die zum Psychiater gehen?

Ich setze mich hin und beobachte die Besucher. Keine Ahnung,
was ich erwartete. Vielleicht passiert irgendwas. Ist aber nicht
so. Es ist eher total langweilig. Genauso gut hätte ich beim
Zahnarzt vorbeischauen können. Zwei Frauen lesen, ein junger
Mann hat seinen MP3 dabei … die Einzige, die wie eine Verrückte aussieht, bin ich.

Auf dem Weg hierher hatte ich ein paar hartnäckige Zwänge,
die mit einer langen, langen, sehr langen Rolltreppe zu tun hatten. Sie war außer Betrieb. Die Rolltreppe und ich beschäftigten
uns fast eine Stunde miteinander, während mein Vater oben auf
mich wartete und die Zeitung las.

Ich sehe demzufolge ein bisschen derangiert aus.

Nach der Therapiesitzung bin ich so weit. Von der Arzthelferin
lasse ich mir, so schnell es geht, einen Termin beim Psychiater
geben.

Ich kann sie davon überzeugen, dass es wirklich sehr schnell
gehen muss. Sie sieht kurz zu mir rüber und schon habe ich für

nächste Woche einen Termin.

07. August 2007

Nette Frau, diese Psychiaterin. Wir reden über 1 Stunde bzw.
ich rede und erzähle, wie alles anfing und wo ich mich jetzt
befinde, nämlich in der Hölle. Und da will ich nicht bleiben.
Ich will wieder „normal" sein. Mit dem Rezept in der Hand hole
ich meinen Vater vom Wartezimmer ab. Nächste Haltestelle:
Apotheke.
~~~

Die erste Tablette starre ich vor der Einnahme mindestens 10 Minuten an. Hätte ja sein können, dass sie mich anspringt und beißt, eine solche Angst habe ich vor dem Ding. Den Beipackzettel, der sage und schreibe knapp 1 Meter lang ist, lese ich nicht. Nichts kann schlimmer sein, als das, was ich jetzt habe. Nach der Einnahme bleibe ich still auf dem Sofa sitzen, während mein Vater uns was „Richtiges" zu essen macht. Ich nehme an, er war nicht von meinen Kochkünsten beeindruckt. Mein Handy ist griffbereit, für den Fall, dass der Notarzt angerufen werden muss. Ich warte.

Ich warte immer noch, aber nichts Schlimmes passiert. Papa und ich gehen jeden Tag einkaufen, trinken einen Espresso irgendwo in der Nähe und laufen wieder nach Hause. Jedes Mal lache ich mich fast kaputt, denn mein Papa ist schon ein komischer Kauz. Wenn ich zurücklaufen will, nimmt er meine Hand und sagt: „Wir holen das morgen nach."

Er schreibt sich das im Kopf auf und weiß ganz genau, wo und wie oft ich zurücklaufen muss. Und das alles ist so was von blöd, dass ich über mich und ihn lachen muss.

Nein, Lisa, das sparen wir uns für morgen auf, sonst haben wir morgen nichts zu tun, oder? Wenn ich unter der Dusche bin, macht er das Licht im Bad aus.

Dann sagt er, wenn ich schon Wasser verschwenden muss, dann kann ich wenigstens Strom sparen. Ich komme aus dem Lachen gar nicht mehr raus. Wenn ich nicht gerade lache, dann schlafe ich. Ich bin so was von hundemüde, selbst nach 9 Stunden Schlaf. Oder 11. Gähn …

Nicht mal die Nachricht von Annabelle auf meinem Anrufbeantworter, dass ich übermorgen in der Firma zu erscheinen habe, regt mich auf.

19. August 2007

Teil 3 vom Schlachtplan ist gerade geschehen. Eher ungewollt,
oder besser gesagt, erpresst, aber im Moment geht das nicht
anders. Als ich die Firma betrete, geht es mir so schlecht wie
seit Wochen nicht mehr. Es reicht aus, nur im Gebäude zu sein,
und schon kriege ich keine Luft mehr.
Ich muss aber in die Personalabteilung. Wie soll das ohne Luft
gehen? Annabelle ist da und noch jemand, der mir zwar bekannt
vorkommt, ich aber nicht einordnen kann.
Sinn und Zweck dieses Treffens ist eine Erpressung. Entweder
ich unterschreibe einen Aufhebungsvertrag (mit Abfindung)
oder ich werde fristlos gekündigt (ohne Abfindung), weil ich
krank bin.
Und das soll bitte jetzt sofort entschieden werden.
Ich wollte schon mein Handy rausholen und die Polizei benach-
richtigen, aber … ich kann das nicht. Der Gedanke, noch einen
einzigen Tag hierzubleiben, in dieser Firma, meiner Arbeit
nachzugehen, nee, ich will nur raus.
Annabelle bleibt dabei, heute muss ich mich entscheiden.
Blöde Kuh!
Gesundheit oder Arbeit? Gesundheit oder Arbeit?
Ich hasse es, Entscheidungen zu treffen. Deswegen treffe ich
auch nie welche. Ich komme heute aber wohl nicht drum herum.
Ich unterschreibe.

07. September 2007

Ich will ein paar Zwängen nachgehen, wirklich, aber ich müsste
mich dazu echt zwingen und dafür bin ich einfach zu müde.
Endlich habe ich ein Bett gekauft, kann aber noch nicht darin
schlafen, weil Papa drauf liegt. Aber Morgen fährt er wieder
nach Italien, bis dahin bleibt mir nur das Sofa. Ich muss noch
was erledigen, aber was war das noch gleich? Ach, duschen.
Upps, ich habe heute vergessen zu duschen! Na so was …

19.September 2007

Mittlerweile schlucke ich meine Medis ganz lässig und routi-
niert wie Dr. House. Na gut, ich nehme nur eine Pille am Tag
und ich tue es auch nur zu Hause – und ich trinke auch keinen
Alkohol.
Mein Kopf ist wie leergefegt. Wo die 1.000 Gedanken pro Minuten hin sind, ist mir egal. Hauptsache, sie bleiben auch dort,
wo sie jetzt sind.

10. Oktober 2007

Papa ist wieder da. Er hat mich abgeholt, damit wir zusammen
nach Italien fahren. Wir fahren 2.000 km mit dem Zug.
Kann irgendwie nicht glauben, dass ich vor 2 Monaten Angst
vor der U-Bahn hatte.
Bestimmt habe ich das nur geträumt und bin jetzt wieder wach.

Ist der Tag lang so ohne Panikattacken, ohne Zwänge, ohne
Krankenhäuser und EKGs, wobei ein EKG im Jahr erlaubt ist.
Was soll ich bloß den ganzen Tag machen?
Ich glaube, ich suche mir einen neuen Job!